Rainer Maria Rilke

Mit Rilke ins Herz der Liebe schauen

Herausgegeben
von Ulla Bohn

HERDER
FREIBURG · BASEL · WIEN

Gedruckt auf umweltfreundlichem,
chlorfrei gebleichtem Papier

www.herder.de
Satz: Dtp-Satzservice Peter Huber, Freiburg
Druck und Bindung:
Oldenbourg Taschenbuch GmbH, Kirchheim 2006
Umschlaggestaltung und Konzeption:
R·M·E München / Roland Eschlbeck, Julia Wolf
ISBN-13: 978-3-451-05704-5
ISBN-10: 3-451-05704-2

Inhalt

Vorwort

„Es kommt mir vor (...), daß der selige Don Juan ein Waisenknabe neben Ihnen war", schrieb Rilkes mütterliche Freundin Fürstin Marie von Thurn und Taxis im März 1915 an den Dichter. Und fuhr leicht rügend fort: „... Sie tun sich immer solche Trauerweiden aussuchen ..." Rainer Maria Rilke hatte ihr zuvor sein Leid geklagt – wieder einmal beanspruchte die schwierige Beziehung zu einer Frau seine ganze Energie und machte ihm das Arbeiten unmöglich.

Die Liebe – das zentrale Thema in Rilkes Werk, der große Konflikt in seinem Leben. Immer wieder entflammte der Dichter in jäher Leidenschaft zu einer Frau, schwärmte vom harmonischen Gleichklang beider Seelen – um bereits nach kurzer Zeit die Enge zu beklagen und Einsamkeit herbeizusehnen. Der Anspruch der Geliebten an seine Zeit und Hingabe wurde Rilke schnell zuviel; seine Kraft und seinen Einsatz wollte er etwas Höherem widmen: seinem Werk. Und so zog er sich, manchmal recht schroff, bald wieder von der anfangs so Umworbenen zurück, bereit, alles zu opfern, was seiner „Aufgabe" im Weg stand – so schwer ihm das auch oft fiel. Der Fürstin von Thurn und Taxis berichtete er im Februar 1921 brieflich vom „unversöhnliche(n) Konflikt zwischen Leben und Arbeit", den er in „neuen unerhörten Abwandlungen durchmache und fast nicht überstehe"...

Dieses eigene Erleben fand Eingang in Rilkes Werk. Aus erfahrenem Liebesglück und Liebesleid entstanden seine anrührendsten Gedichte, die eigenen Erlebnisse widerspiegelnd und gleichzeitig verwandelnd. Sprachgewaltige Verse von überwältigender Schönheit, die alle Facetten der Liebe beleuchten: die zärtliche Beschwörung, die Lust der Leiber, inneres Eins-Sein und Ich-Verlust, Scheitern und Einsamkeit. Rilke, der große Gefühls-Kundige, führt den Leser tief ins Herz der Liebe.

Rainer Maria Rilke wurde am 4. Dezember 1875 in Prag geboren. Bereits viele Gedichte seines ersten Bandes „Leben und Lieder" waren einer Jugendliebe gewidmet: Valerie David von Rhonfeld, mit der der 18jährige Gymnasiast Rilke sich sogar verlobte. Nach zweieinhalb Jahren trennte er sich wieder (was sie nie verwand).

Rilke ging nach München – und traf dort im Mai 1897 die Frau, die zur wichtigsten, prägendsten Gestalt seines Lebens werden sollte: die verheiratete Schriftstellerin Lou Andreas-Salomé, 15 Jahre älter als er. Beide begannen eine leidenschaftliche Beziehung, die vier Jahre lang hielt. Viele von Rilkes schönsten und innigsten Liebesgedichten entstanden als Huldigung an Lou, wie das berühmte „Lösch mir die Augen aus, ich kann dich sehn …“

Es war eine tiefe, aber keine heitere Liebe; auf Zeiten glückseligen Gefühlsüberschwangs folgten immer wieder Phasen, in denen Rilke unter schwerer Eifersucht, Wutausbrüchen, sogar Depressionen litt. In dieser Partnerschaft war Lou die Stärkere, die Bestimmende, die nicht daran dachte, sich für den Geliebten von ihrem Ehemann zu trennen. Anfang 1901 untersagte sie Rilke jeglichen Kontakt. Dennoch nahmen die beiden zwei Jahre später die Verbindung wieder auf, nun als vertraute Freundschaft, die bis zu Rilkes Tod bestand.

Im April 1901, nur wenige Monate nach der Trennung von Lou, heiratete Rilke die Worpsweder Bildhauerin Clara Westhoff, im Dezember kam die gemeinsame Tochter Ruth zur Welt. Doch große finanzielle Probleme belasteten schon bald die junge Ehe. Rilke fühlte sich durch Frau und Kind in seiner künstlerischen Verwirklichung gebremst – nach nur einem Jahr gemeinsamen Lebens beschloss das Ehepaar die räumliche Trennung, um voneinander ungestört der Arbeit nachgehen zu können. Fortan lebte Rilke allein, obwohl die Ehe bis zu seinem Lebensende nicht geschieden wurde. Ein europäischer Nomade, ein Reisender ohne dauerhaftes Domizil, mal in Rom lebend, dann in Paris, München, Venedig. Erst in seinen letzten Lebensjahren fand Rilke im Turm von Muzot im schweizerischen Wallis seinen festen Zufluchtsort.

In der Liebe sollte Rilke nie dauerhafte Erfüllung finden. Zwar durchlebte er zahlreiche Beziehungen, doch nach einer kurzen Zeit der Euphorie folgten stets Ernüchterung und die Einsicht „daß man selbst als ein Liebender das Alleinsein nötig hat.“ In seinem „Testament“ fragte sich Rilke: „Gab es jene Liebende, die kein Hindernis war?“ Liebe und Werk schienen ihm unvereinbar, und so entschied er sich immer wieder für die Freiheit der Einsamkeit.

Rilke, erfahren in Sachen Liebe, dennoch ein Leidender; „Liebhaben von Mensch zu Mensch: das ist vielleicht das Schwerste, was uns aufgegeben ist“, bekennt er einmal. Und: „Ein Miteinander zweier Menschen ist eine Unmöglichkeit“, lediglich „ein wundervolles Nebeneinanderwohnen“ sei möglich, wenn es „gelingt, die Weite zwischen sich zu lieben.“

Doch trotz allen Strebens nach Unabhängigkeit suchte Rilke auch immer wieder Halt bei der Geliebten, wie bei seiner letzten bedeutenden Gefährtin Baladine Klossowska, die er zärtlich „Merline“ nannte. In seinem fast fiebrig flehenden, seitenlangen Brief vom 16. Dezember 1920 wird sein Ringen zwischen dem Verlangen nach zärtlicher Nähe einerseits und dem Bedürfnis nach Alleinsein andererseits deutlich.

Es waren ganz unterschiedliche Frauen, zu denen Rilke sich hingezogen fühlte: die wilde, exzentrische Claire Studer, später verheiratete Goll (von ihm „Liliane“ genannt), mit der ihn eine zweiwöchige Affäre verband. Die nachdenkliche Malerin Lou Albert-Lasard, die mit Unterbrechungen zwei Jahre mit ihm verbrachte. Die ungebildete Pariser Arbeiterin Marthe Hennebert, der er ein väterlicher Helfer sein wollte. Die sanfte Pianistin Magda von Hattingberg (genannt „Benvenuta“), die er in einem leidenschaftlichen Briefwechsel zu seinem Ideal erhob. Nachdem beide ihre Brief-Liebe schließlich ins wirkliche Leben fortgesetzt hatten, flaute die Begeisterung rasch ab – viele von Rilkes Beziehungen hatten ihre beste Zeit, solange räumliche Trennung bestand. Er selbst charakterisierte das in einer Antwort an seine Brieffreundin Erika Mitterer sehr treffend: „Ich bin jener, den man nicht erreicht, / und im Recht nur, wo ich mich erwehre. / Dicht an Deinem Herzen wär ich Schwere, / aber aus der Ferne mach ich leicht.“

Rainer Maria Rilke starb am 29. Dezember 1926 in Valmont (Schweiz) an Leukämie, im Alter von 51 Jahren. Er wurde seinem Wunsch gemäß auf dem Bergfriedhof von Raron beigesetzt.

Dieser Band versammelt Gedichte, Prosa-Ausschnitte und Briefstellen aus dem Werk Rainer Maria Rilkes und gewährt so Einblick in des Dichters Philosophie der Liebe. Er zeigt Rilkes Werben, sein Glücksempfinden, seine inneren Kämpfe. Und, trotz aller Fehlschläge, seinen unerschütterlichen Glauben an die Liebe.

Denn immer wieder lässt Rilke sich neu auf die Liebe ein, wird ganz Gefühl. Die Liebe, dieses ungeheuer Große, an dem wir immer wieder scheitern, und von dem wir dennoch nicht lassen können, obwohl wir die Gefahren kennen – Rilke hat dafür wunderschöne Worte gefunden: „... immer wieder gehn wir zu zweien hinaus / unter die alten Bäume, lagern uns immer wieder / zwischen die Blumen, gegenüber dem Himmel".

Ulla Bohn, Wien im März 2006

1. Kapitel

„Und staunen bis heran ans Lächeln" – Vom Beginn der Liebe

Ich bin dir wie ein Vorbereiten
und lächle leise, wenn du irrst;
ich weiß, daß du aus Einsamkeiten
dem großen Glück entgegenschreiten
und meine Hände finden wirst.

SW III

Lehnen im Abendgarten beide,
lauschen lange nach irgendwo.
„Du hast Hände wie weiße Seide …“
Und da staunt sie: „Du sagst das so …“

Etwas ist in den Garten getreten.
und das Gitter hat nicht geknarrt,
und die Rosen in allen Beeten
beben vor seiner Gegenwart.

SW I

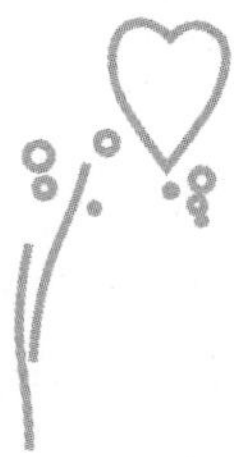

Als du mich einst gefunden hast,
da war ich klein, so klein,
und blühte wie ein Lindenast
nur still in dich hinein.

Vor Kleinheit war ich namenlos
und sehnte mich so hin,
bis du mir sagst, daß ich zu groß
für jeden Namen bin:

Da fühl ich, daß ich eines bin
mit Mythe, Mai und Meer,
und wie der Duft des Weines bin
ich deiner Seele schwer ...

SW I

Gestern mittags gabs Sonne, daß man hätte ein Königreich vergolden können – auch wenn es kein ganz kleines und sehr arm gewesen wäre. Aber Gold machts nicht allein. Ich war sehr traurig. Ich bin mit ein paar Rosen in der Hand in der Stadt und dem Anfange des englischen Gartens herumgewandert, um Ihnen die Rosen zu schenken. Ja, statt sie an der Thür mit dem goldenen Schlüssel abzugeben, trug ich sie mit mir herum, zitternd vor lauter Willen, Ihnen irgendwo zu begegnen. Und das war doch ungefähr so, wie wenn Einer einen Brief ins Meer wirft, damit die Wellen denselben an den Strand des Freundes tragen, dem er zugehört. Der Brief schwankt gewiß ins Uferlose und geht endlich zugrunde. So geschah es meinen Rosen auch.

An Lou Andreas-Salomé, 17. Mai 1897 (AS)

Liebesanfang

O Lächeln, erstes Lächeln, unser Lächeln.
Wie war das Eines: Duft der Linden atmen,
Parkstille hören –, plötzlich in einander
aufschaun und staunen bis heran ans
  Lächeln.

In diesem Lächeln war Erinnerung
an einen Hasen, der da eben drüben
im Rasen spielte; dieses war die Kindheit
des Lächelns. Ernster schon war ihm des
  Schwanes
Bewegung eingegeben, den wir später
den Weiher teilen sahen in zwei Hälften
lautlosen Abends. – Und der Wipfel Ränder
gegen den reinen, freien, ganz schon künftig
nächtigen Himmel hatten diesem Lächeln
Ränder gezogen gegen die entzückte
Zukunft im Antlitz.

SW II

Ich möchte dir ein Liebes schenken,
das dich mir zur Vertrauten macht:
aus meinem Tag ein Deingedenken
und einen Traum aus meiner Nacht.

Mir ist, daß wir uns selig fänden
und daß du dann wie ein Geschmeid
mir löstest aus den müden Händen
die niebegehrte Zärtlichkeit.

SW III

—— * ——

Dann brachte mir dein Brief den sanften
Segen,
ich wußte, daß es keine Ferne gibt:
Aus allem Schönen gehst du mir entgegen,
mein Frühlingswind du, du mein Sommer-
regen,
du meine Juninacht mit tausend Wegen,
auf denen kein Geweihter schritt vor mir:
ich bin in dir!

SW III

Die Liebenden

Bist du's? Oh sei's!
Wandle dich, wenn du's nicht bist,
werde, was keiner vergißt,
bieg mir den Kreis.

Lauter Beweis
geht von dir aus. Meine Arme sind
aufgeschlagen von deinem Wind.
Bist du's? Oh sei's!

Zeig dich mir leis,
so wie Musik, die man wiedererkennt,
durch die Luft, die sie bringt,
von ihr getrennt …
Bist du's? Oh sei's!

Flamme und Eis
schießen dich ein wie ein einziger Brand.
Siehe, ich warte abgewandt:
Bist du's? Oh sei's!

SW II

Weißt Du noch: auf Deinem Wiesenplatze
las ich Dir am schönen Vormittage,
(jenem ersten, den ich aus dem Schatze
einer wunderschönen Zeit gehoben)
las das Lied der Rühmung und der Klage.
Und mir schien Dein Leben wie von oben
zuzuhören; wie von jeder Seite
kam es näher; aus dem sanften Rasen
stieg es in die Räume meiner Stimme.
Aber plötzlich, da wir nicht mehr lasen
gab ich Dich aus Nachbarschaft und Weite
Dir zurück in Dein gefühltes Wesen.

Fernesein ist nur ein Lauschen: höre.
Und jetzt bist Du diese ganze Stille.
Doch mein Aufblick wird Dich immer wieder
sammeln in den lieben: Deinen Körper.

SW II

Fragst du mich: Was war in deinen Träumen,
ehe ich dir meinen Mai gebracht?
War ein Wald. Der Sturm war in den Bäumen
Und auf allen Wegen kam die Nacht.

Waren Burgen die in Feuer standen,
waren Männer, die das Schlachtschwert
    schlugen,
waren Frauen, die in Wehgewanden
Kleinod weinend aus den Toren trugen.

Kinder waren, die an Quellen saßen,
und der Abend kam und sang für sie,
sang solang, bis sie das Heim vergaßen
über seiner süßen Melodie.

SW III

Komm, schönes Kind

Komm du, mein schönes Kind,
laß dich umfangen,
nur einen Kuß geschwind,
still' mein Verlangen!
Zauderst du immer noch
mir ihn zu geben? ...
's ist keine Sünde doch,
lieben ist leben!
Frag nicht, was morgen ist,
nütze die Stunden,
denke, die kurze Frist
ist rasch entschwunden.
Schön ist der Augenblick,
möcht gern ihn bannen,
doch sieh das falsche Glück
flieht rasch von dannen.
Uns winkt jetzt noch der Mai
mit frohen Reigen –
Ob ich dir ewig treu ...
das wird sich zeigen!
Forsch' nicht mit Sorg und Qual,
ob es so bliebe,
sagt ich doch tausendmal,
daß ich dich liebe.
Laß nicht vorüberziehn
den Traum, den süßen,
so lang die Rosen glühn
kannst du genießen!

SW III

Mädchen singen:

Die Zeit, von der die Mütter sprachen,
fand nicht zu unsern Schlafgemachen,
und drin blieb alles glatt und klar.
Sie sagen uns, daß sie zerbrachen
in einem sturmgejagten Jahr.

Wir wissen nicht: Was ist das Sturm?

Wir wohnen immer tief im Turm
und hören manchmal nur von fern
die Wälder draußen wehn;
und einmal blieb ein fremder Stern
bei uns stehn.

Und wenn wir dann im Garten sind,
so zittern wir, daß es beginnt,
und warten Tag um Tag –

Aber nirgends ist ein Wind,
der uns biegen mag.

SW I

Was könnte dein Lächeln mir was mir die
Nacht nicht
gäbe aufdrängen, die hier mit fast schüch-
ternem Anfang an meinem Gesicht
beginnt und wo wo endet. In dir hörte
ich auf,
so aber streng ich mein Herz an, ströme,
und immer
hat der Raum nicht genug.

SW II

Ich war einmal so kinderkühl:
da traf mich alles wie ein Bangen.
Jetzt ist mir jede Angst vergangen,
nur diese wärmt mir noch die Wangen:
ich fürchte mich vor dem Gefühl.

Es ist nicht mehr das Tal, darin ein Lied
wie schützend seine lichten Schwingen
breitet, –
es ist ein Turm, der vor den Fluren flieht,
bis meine Sehnsucht hoch vom Saume sieht
und zitternd mit der fremden Stärke streitet,
die sie so selig von den Zinnen zieht.

SW I

Alles ist mir lieb, die Sommersprossen
und die Spange, die den Ärmel schloß;
oh wie unerhört und unverflossen
blieb die Süßigkeit, drin nichts verdroß.

Taumelnd stand ich, in mir hingerissen
von des eignen Herzens Überfluß,
in den kleinen Fingern, halbzerbissen,
eine Blüte des Konvolvulus. –

Oh wie will das Leben übersteigern,
was es damals, schon erblüht, beging,
als es von dem eigenen Verweigern
wie von Gartenmauern niederhing.

SW II

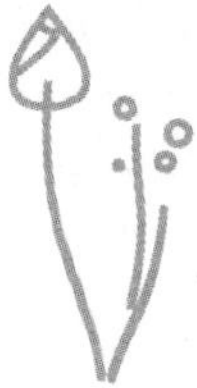

An die Erwartete

.....
komm wann du sollst. Dies alles wird
durch mich
hindurchgegangen sein zu deinem Atem.
Ich habs, um deinetwillen, namenlos
lang angesehen mit dem Blick der Armut
und so geliebt als tränkst du es schon ein.

Und doch: bedenk ichs, daß ich dieses,
mich,
Gestirne, Blumen und den schönen Wurf
der Vögel aus nachwinkendem Gesträuch,
der Wolken Hochmut und was nachts der
Wind
mir antun konnte, mich aus einem Wesen
hinüberwandelnd in ein nächstes, – daß
ich eines nach dem andern, denn ich bins,
bin was der Tränke Rauschen mir im Ohr
zurückließ, bin der Wohlgeschmack, den
einst
die schöne Frucht an meinen Lippen ausgab, –
daß ich dies alles, wenn du einmal da bist,
bis rückwärts zu des Kindes niederm Anblick
in Blumenkelche, da die Wiesen hochstehn,
ja bis zu einem Lächeln meiner Mutter
das ich vielleicht, gedrängt von deinem
Dasein,

annehme wie Entwendetes –, daß ich
dann unerschöpflich Tag und Nacht soviel
entbehrend angeeignete Natur
hingeben sollte –, wissend nicht, ob das
was in dir aufglüht Meines ist: vielleicht
wirst du nur schöner, ganz aus eigner
    Schönheit
vom Überfluß der Ruh in deinen Gliedern,
vom Süßesten in deinem Blut, was weiß ich,
weil du dich selbst in deiner Hand erkennst,
weil dir das Haar an deinen Schultern
    schmeichelt,
weil irgendetwas in der dunkeln Luft
sich dir verständigt, weil du mich vergißt,
weil du nicht hinhörst, weil du eine Frau bist:
wenn ichs bedenke, wie ich Zärtlichkeit
getaucht ins Blut, ins nie von mir erschreckte
lautlose Herzblut so geliebter Dinge
.....
.....   *SW II*

Noch fast gleichgültig ist dieses Mit-dir-sein …
Doch über ein Jahr schon, Erwachsenere, kann
    es vielleicht dem Einen,
der dich gewahrt, unendlich bedeuten:
Mit dir sein!

Ist Zeit nichts? Auf einmal kommt doch
    durch sie
dein Wunder. Daß diese Arme,
gestern dir selber fast lästig, einem,
den du nicht kennst, plötzlich Heimat
versprechen, die er nicht kannte. Heimat
    und Zukunft.

Daß er zu ihnen, wie nach Sankt-Jago
    di Compostella,
den härtesten Weg gehen will, lange,
alles verlassend. Daß ihn die Richtung
zu dir ergreift. Allein schon die Richtung
scheint ihm das Meiste. Er wagt kaum,
jemals ein Herz zu enthalten, das ankommt.

Gewölbter auf einmal, verdrängt deine heitere
    Brust
ein wenig mehr Mailuft: dies wird sein Atem
    sein,
dieses Verdrängte, das nach dir duftet.

SW II

2. Kapitel

„Oh du bist schön" –
Von Zärtlichkeit
und Liebes-Lust

Lieben Sie Rosen? Mir ist: alle auf der Welt blühen für Sie und durch Sie, – und es ist bloß ein gütiges Entsagen von Ihnen, wenn der Frühling sie behalten und so thun darf, als ob sie sein wären.

An Lou Andreas-Salomé, 3. Juni 1897 (AS)

——✻——

An der sonngewohnten Straße, in dem
hohlen halben Baumstamm, der seit lange
Trog ward, eine Oberfläche Wasser
in sich leis erneuernd, still' ich meinen
Durst: des Wassers Heiterkeit und Herkunft
in mich nehmend durch die Handgelenke.
Trinken schiene mir zu viel, zu deutlich;
aber diese wartende Gebärde
holt mir helles Wasser ins Bewußtsein.

Also, kämst Du, braucht ich, mich zu stillen,
nur ein leichtes Anruhn meiner Hände,
sei's an deiner Schulter junge Rundung,
sei es an den Andrang deiner Brüste.

SW II

Ich segne dich mit meinen Überflüssen,
die sich in meinen Liedern nicht verbrauchen.
Ich werde leise in dein Schlafen tauchen
und dir von innen deine Lider küssen...

SW III

… Und dein Haar, das niederglitt,
nimm es doch dem fremden Winde, –
an die nahe Birke binde
einen kußlang uns damit.

Dann: zu unseren Gelenken
wird kein eigner Wille gehn.
Das, wovon die Zweige schwenken
das, woran die Wälder denken
wird uns auf und nieder wehn.

Näher an das Absichtslose
sehnen wir uns menschlich hin;
laß uns lernen von der Rose
was du bist und was ich bin …

SW III

Oh du bist schön. Wenn auch nicht mir.
Aber du kannst dich nirgends verhalten.
Ich weiß, daß mir deine Augen nicht
galten,
aber ich habe mich wie ein Tier
in deine Blicke gelegt. O du bist schön.

Um die Höhn
deines Leibes kreist
dunkel dein Duft.
Und dein spiegelnder Geist
speist
grundlose Brunnen in dir.
O du bist schön.

Mir ist die Lust
zu Rose und Pfirsich vergangen.
Die Spangen
an deinen Armen sind wärmer.
Ich will keine Vögel mehr fangen.
Ich will ärmer und ärmer
werden für dich: so schön bist du.

Meine Sinne sind mir zu Einem Sinn
verschmolzen an dir.
Ich spüre nur, daß ich zu dir hin
bin –: nimm. Verlier.

SW II

Sag weißt du Liebesnächte? Treiben nicht
auf deinem Blut Kelchblätter weicher Worte?
Sind nicht an deinem lieben Leibe Orte,
die sich entsinnen wie ein Angesicht?

SW II

Und sieh: ihr Leib ist wie ein Bräutigam
und fließt im Liegen hin gleich einem Bache,
und lebt so schön wie eine schöne Sache,
so leidenschaftlich und so wundersam.
In seiner Schlankheit sammelt sich das Schwache,
das Bange, das aus vielen Frauen kam;
doch sein Geschlecht ist stark und wie ein Drache
und wartet schlafend in dem Tal der Scham.

SW I

Die körperliche Wollust ist ein sinnliches Erlebnis, nicht anders als das reine Schauen oder das reine Gefühl, mit dem eine schöne Frucht die Zunge füllt; sie ist eine große, unendliche Erfahrung, die uns gegeben wird, ein Wissen von der Welt, die Fülle und der Glanz alles Wissens. Und nicht, daß wir sie empfangen, ist schlecht; schlecht ist, daß fast alle diese Erfahrung mißbrauchen und vergeuden und sie als Reiz an die müden Stellen ihres Lebens setzen und als Zerstreuung statt als Sammlung zu Höhepunkten.

(...)

O daß der Mensch dieses Geheimnis, dessen die Erde voll ist bis in ihre kleinsten Dinge, demütiger empfinge und ernster trüge, ertrüge und fühlte, wie schrecklich schwer es ist, statt es leicht zu nehmen. Daß er ehrfürchtig wäre gegen seine Fruchtbarkeit, die nur *eine* ist, ob sie geistig oder körperlich scheint; denn auch das geistige Schaffen stammt von dem physischen her, ist eines Wesens mit ihm und nur wie eine leisere, entzücktere und ewigere Wiederholung leiblicher Wollust. ‚Der Gedanke, Schöpfer zu sein, zu zeugen, zu bilden', ist nichts ohne seine fortwährende, große Bestätigung und Verwirklichung in der Welt, nichts ohne die tausendfältige Zustimmung aus Dingen und Tieren, – und sein Genuß ist nur deshalb so unbeschreiblich schön und reich, weil er voll ererbter Erinnerungen ist aus Zeugen und Gebären von Millionen. In einem

Schöpfergedanken leben tausend vergessene Liebesnächte auf und erfüllen ihn mit Hoheit und Höhe.

An Franz Xaver Kappus, 16. Juli 1903 (BJD)

—— ✻ ——

Wie rief ich dich. Das sind die stummen
Rufe,
die in mir süß geworden sind.
Nun stoß ich in dich Stufe ein um Stufe
und heiter steigt mein Samen wie ein Kind.
Du Urgebirg der Lust: auf einmal springt
er atemlos zu deinem innern Grate.
O gib dich hin, zu fühlen wie er nahte;
denn du wirst stürzen, wenn er oben winkt.

SW II

Warst Du's, die ich im starken Traum
umfing
und an mich hielt – und der ich mit dem
Munde
ablöste von der linken Brust ein Ding,
ein braunes Glasaug wie von einem
Hunde,
womit die Kinder spielen …, oder Reh,
wie es als Spielzeug dient? – Ich nahm es mir
erschrocken von den Lippen. Und ich seh,
wie ich Dir's zeige und es dann verlier.
Du aber, die das alles nicht erschreckte,
hobst Dein Gesicht, als sagte das genug.
Und es schien schauender, seit die entdeckte
geküßte Brust das Auge nicht mehr trug.

SW II

—— * ——

Graue Liebesschlangen hab ich aus deinen
Achselhöhlen gescheucht. Wie auf heißen
Steinen
liegen sie jetzt auf mir und verdauen
Lust-Klumpen

SW II

Opfer

O wie blüht mein Leib aus jeder Ader
duftender, seitdem ich dich erkenn;
sieh, ich gehe schlanker und gerader,
und du wartest nur –: wer bist du denn?

Sieh: ich fühle, wie ich mich entferne,
wie ich Altes, Blatt um Blatt, verlier.
Nur dein Lächeln steht wie lauter Sterne
über dir und bald auch über mir.

Alles was durch meine Kinderjahre
namenlos noch und wie Wasser glänzt,
will ich nach dir nennen am Altare,
der entzündet ist von deinem Haare
und mit deinen Brüsten leicht bekränzt.

SW I

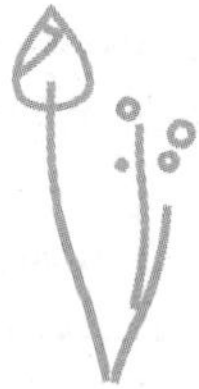

Welche Wiesen duften deine Hände?
Fühlst du wie auf deine Widerstände
stärker sich der Duft von draußen stützt.
Drüber stehn die Sterne schon in Bildern.
Gib mir, Liebe, deinen Mund zu mildern;
ach, dein ganzes Haar ist unbenützt.

Sieh, ich will dich mit dir selbst umgeben
und die welkende Erwartung heben
von dem Rande deiner Augenbraun;
wie mit lauter Liderinnenseiten
will ich dir mit meinen Zärtlichkeiten
alle Stellen schließen, welche schaun.

SW II

Östliches Taglied

Ist dieses Bette nicht wie eine Küste,
ein Küstenstreifen nur, darauf wir liegen?
Nichts ist gewiß als deine hohen Brüste,
die mein Gefühl in Schwindeln überstiegen.

Denn diese Nacht, in der so vieles schrie,
in der sich Tiere rufen und zerreißen,
ist sie uns nicht entsetzlich fremd?
Und wie:
was draußen langsam anhebt, Tag
geheißen,
ist das uns denn verständlicher als sie?

Man müßte so sich ineinanderlegen
wie Blütenblätter um die Staubgefäße:
so sehr ist überall das Ungemäße
und häuft sich an und stürzt sich uns
entgegen.

Doch während wir uns aneinander drücken,
um nicht zu sehen, wie es ringsum naht,
kann es aus dir, kann es aus mir sich
zücken:
denn unsre Seelen leben von Verrat.

SW I

Leda

Als ihn der Gott in seiner Not betrat,
erschrak er fast, den Schwan so schön zu
finden;
er ließ sich ganz verwirrt in ihm
verschwinden.
Schon aber trug ihn sein Betrug zur Tat,

bevor er noch des unerprobten Seins
Gefühle prüfte. Und die Aufgetane
erkannte schon den Kommenden im
Schwane
und wußte schon: er bat um Eins,

das sie, verwirrt in ihrem Widerstand,
nicht mehr verbergen konnte. Er kam
nieder
und halsend durch die immer schwächre
Hand

ließ sich der Gott in die Geliebte los.
Dann erst empfand er glücklich sein
Gefieder
und wurde wirklich Schwan in ihrem
Schoß.

SW I

Heute will ich dir zu Liebe Rosen
fühlen, Rosen fühlen dir zu Liebe,
dir zu Liebe heute lange lange
nicht gefühlte Rosen fühlen, Rosen.

Alle Schalen sind gefüllt; sie liegen
in sich selber jede hundert Male,
wie von Talen ausgefüllte Tale
liegen sie in sich und überwiegen.

So unsäglich wie die Nacht
überwiegen sie den Hingegebnen,
wie die Sterne über Ebnen
überstürzen sie mit Pracht.
Rosennacht Rosennacht.
Nacht aus Rosen, Nacht aus vielen vielen
hellen Rosen, helle Nacht aus Rosen,
Schlaf der tausend Rosenaugenlider,
heller Rosenschlaf, ich bin dein Schläfer:
Heller Schläfer deiner Düfte, tiefer
Schläfer deiner kühlen Innigkeiten.
Wie ich mich dir schwindend überliefer
hast du jetzt mein Wesen zu bestreiten.
Sei mein Schicksal aufgelöst
in das unbegreiflichste Beruhen,
und der Trieb, sich aufzutuen,
wirke, der sich nirgends stößt.

Rosenraum, geboren in den Rosen,
in den Rosen heimlich auferzogen,
uns aus offnen Rosen zugegeben
groß wie Herzraum, daß wir auch noch draußen
fühlen dürfen in dem Raum der Rosen.

SW II

—— * ——

So leise wie der Druck von deiner Hand
zuweilen war im freudigsten Begegnen:
so, kaum beruhend, ist den sehr Entlegnen
der Druck der Luft und jeder Gegenstand.

Die Leiber, die aus der Entzweiung heilen,
sind stärker nicht berührend und berührt;
wie Wasser wird ein fließendes Verweilen
durch ihre Schatten durchgeführt.

SW II

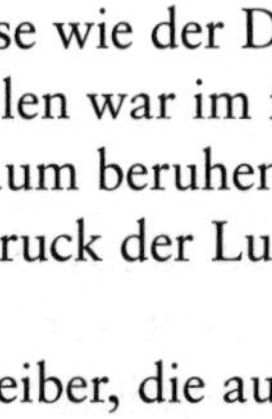

Einmal möcht ich dich wiederschauen,
Park, mit den alten Lindenalleen,
und mit der leisesten aller Frauen
zu dem heiligen Weiher gehn.

Schimmernde Schwäne in prahlenden
Posen
gleiten leise auf glänzendem Glatt,
aus der Tiefe tauchen die Rosen
wie Sagen einer versunkenen Stadt.

Und wir sind ganz allein im Garten,
drin die Blumen wie Kinder stehn,
und wir lächeln und lauschen und warten,
und wir fragen uns nicht, auf wen …

SW I

Ich hab mich nicht den Dichtern zugesellt
die dich verkünden oder nach dir klagen
und wähnen, deine Schönheit hinzusagen
wenn sie sie nennen: nicht von dieser Welt –.

Von welcher denn? Hängt eine so wie die
so atemlos an dir mit allem Ihren?
Ist eine ängstlicher dich zu verlieren,
und wenn sie ängstlich ist beruhigst du sie

wie diese hier, zu der doch manchmal hin
dein Antlitz lächelt wie aus Tiefen, leise
abweisend ihre Zärtlichkeit: Geh, kreise,
sei nicht in Angst um mich; du siehst:
    ich bin …

SW II

Gegen-Strophen

Oh, daß ihr hier, Frauen, einhergeht,
hier unter uns, leidvoll,
nicht geschonter als wir und dennoch imstande,
selig zu machen wie Selige.

Woher,
wenn der Geliebte erscheint,
nehmt ihr die Zukunft?
Mehr, als je sein wird.
Wer die Entfernungen weiß
bis zum äußersten Fixstern,
staunt, wenn er diesen gewahrt,
euern herrlichen Herzraum.
Wie, im Gedräng, spart ihr ihn aus?
Ihr, voll Quellen und Nacht.

Seid ihr wirklich die gleichen,
die, da ihr Kind wart,
unwirsch im Schulgang
anstieß der ältere Bruder?
Ihr Heilen.

Wo wir als Kinder uns schon
häßlich für immer verzerrn,
wart ihr wie Brot vor der Wandlung.

Abbruch der Kindheit
war euch nicht Schaden. Auf einmal
standet ihr da, wie im Gott
plötzlich zum Wunder ergänzt.

Wir, wie gebrochen vom Berg,
oft schon als Knaben scharf
an den Rändern, vielleicht
manchmal glücklich behaun;
wir, wie Stücke Gesteins,
über Blumen gestürzt.

Blumen des tieferen Erdreichs,
von allen Wurzeln geliebte,
ihr, der Eurydike Schwestern,
immer voll heiliger Umkehr
hinter dem steigenden Mann.

Wir, von uns selber gekränkt,
Kränkende gern und gern
Wiedergekränkte aus Not.
Wir, wie Waffen, dem Zorn
neben den Schlaf gelegt.

Ihr, die ihr beinah Schutz seid, wo niemand
schützt. Wie ein schattiger Schlafbaum
ist der Gedanke an euch
für die Schwärme des Einsamen.

SW II

Eros

Masken! Masken! Daß man Eros blende.
Wer erträgt sein strahlendes Gesicht,
wenn er wie die Sommersonnenwende
frühlingliches Vorspiel unterbricht.

Wie es unversehens im Geplauder
anders wird und ernsthaft … Etwas schrie …
Und er wirft den namenlosen Schauder
wie ein Tempelinnres über sie.

Oh verloren, plötzlich, oh verloren!
Göttliche umarmen schnell.
Leben wand sich, Schicksal ward geboren.
Und im Innern weint ein Quell.

SW II

O schöner Glanz des scheuen Spiegelbilds!
Wie darf es glänzen, weil es nirgends
dauert.
Der Frauen Dürsten nach sich selber
stillts.
Wie ist die Welt mit Spiegeln zugemauert

für sie. Wir fallen in der Spiegel Glanz
wie in geheimen Abfluß unseres Wesens;
sie aber finden ihres dort: sie lesens.
Sie müssen doppelt sein, dann sind sie
ganz.

Oh, tritt, Geliebte, vor das klare Glas,
auf daß du seist. Daß zwischen dir und dir
die Spannung sich erneue und das Maß
für das, was unaussprechlich ist in ihr.

Gesteigert um dein Bild: wie bist du reich.
Dein Ja zu dir bejaht dir Haar und
Wange;
und überfüllt von solchem Selbstempfange,
taumelt dein Blick und dunkelt im
Vergleich.

SW II

Immer wieder aus dem Spiegelglase
holst du dich dir neu hinzu;
ordnest in dir, wie in einer Vase,
deine Bilder. Nennst es *du,*

dieses Aufblühn deiner Spiegelungen,
die du eine Weile leicht bedenkst,
eh du sie, von ihrem Glück bezwungen,
deinem Leibe wiederschenkst.

SW II

Befriedigungen ungezählter Jahre
sind in der Luft, voll Blumen liegt dein
Hut
und der Geruch aus deinem reinen
Haare
mischt sich mit Welt als wäre alles gut.

SW II

Nein, ich vergesse dich nicht,
was ich auch werde,
liebliches zeitiges Licht,
Erstling der Erde.

Alles, was du versprachst,
hat sie gehalten,
seit du das Herz mir erbrachst
ohne Gewalten.

Flüchtigste frühste Figur,
die ich gewahrte:
nur weil ich Stärke erfuhr,
rühm ich das Zarte.

SW II

Dein Bild

Könntest ins Herz du mir schauen,
sähest du, schönste der Frauen,
doch nur dein eigenes Bild.
So wie im Quell, der so wild
hin durch die Flur eilt geflügelt,
doch sich die Rose gespiegelt.

SW III

Aber ach, Liebe, wie sehr weiß ich Dir Dank, daß Du in Deinem gestrigen Brief, mutig und tapfer, mich ermunterst *zu bleiben!* Durch diese wenigen Worte, die nicht allzu traurig schienen, hast Du mein Herz aufgerichtet und es von unten, wo es darniederlag, wieder zu dem Altar emporgehoben, auf dem es einige Monate lang brennen muß. Ach, Merline, wär's möglich, daß mein Gefühl für Dich noch zunähme, in diesem Augenblick hab ich solch eine Fülle in ihm empfunden, daß ich die Augen schließen und mich mit meinen eigenen Armen umfangen mußte (wie in jener Nacht, von der ich Dir erzählte), um mich zurückzuhalten. Merline, ja, Liebes, hilf mir auf diese heldenhafte Weise, werde eins mit dieser stillen Landschaft, mit diesen friedlichen Wänden, die mich beschützen, beschütze du mich mit ihnen –, sei, ach, sei dieser Brunnen, der mir all die Zeit, selbst an so angstvollen Tagen, wiederholte: bleib, bleib – –

(…)

Meine ganz, ganz Liebe, ich hab solch ein Verlangen, meine Arme um Dich zu schließen, sie öffnen sich immerzu, ohne mein Wissen sogar, und wenn sich Deine Zärtlichkeit außerhalb Deiner selbst verkörpert (oh, ich habe sie gesehen, Merline! ich habe sie *gesehen*!), erfüllt die meinige, ich schwör's Dir, diesen ganzen Abstand zwischen uns, alles, was Dich umgibt, bis an die Grenzen

Deines Sehens, alles, was Du atmest, Merline, *ist meine Zärtlichkeit,* des sei gewiß.

(…)

Immer wieder bist Du's, Merline, oh, Geliebte der Erde und des Himmels, die ich besinge! Immer wieder ist es die Macht Deiner Arme, ist es ihr unaussprechlicher Ruhm, so Deinem Herzen zu gehorchen, Deinem herrlichen Herzen, Deinem uralten und jungen Herzen, Deinem frühlinghaften und sommerlichen Herzen, Deinem Herzen, das, trüge es nicht diese strahlende Blüte –, längst ein Stern wäre, nicht so schrecklich groß wie die Venus, aber vom gleichen Feuer, vom gleichen himmlischen Brand!

(…)

Oh, Merline, wenn ich mit dieser Stimme, die in Dir ist, bevor sie aus meinem Munde kommt –, Dir je die Geschichte unserer Liebe erzählen könnte, ein glückseliges Erstaunen würde Dich ergreifen – – –; denn es ist noch so viel schöner, als wir es erahnen – –; unsere Erinnerung, so groß geworden durch die vielfältige Ernte dieses Segensjahres, reicht doch nicht aus, den ganzen Ertrag zu fassen –; ein Drittel, sei gewiß, blieb draußen, ungeborgen – – –

Der Augenblick, da Du mich ansahst ‚wie ein junges Mädchen'. Aus Deinem Antlitz wich mit einem Mal jeder Ausdruck, *jeder*, es zog sich zurück, befreite sich von allem, von allem Wohlgefallen, allen Freundlichkeiten, all seinem gewohnten Zauber, es ward ganz finster, ganz leer, für den Tausendsten Teil einer Sekunde – – –, und in diesem neuen Raum, der der eines Schöpfungsaugenblicks war –, entstand plötzlich dieses neue Licht, oh, ein Licht, Merline, das zu beschreiben niemals weder einem Menschen noch dem Engel vergönnt sein wird und das einzig ein Kind in der Morgenluft seines unschuldigsten Sommertages würde begreifen können. Merline, *ich habe es gesehen.* Seit diesem Augenblick kann ich, was das Leben anbelangt, sterben. Dein Gesicht zu sehen, verklärt von Liebe und ganz voll von dieser Jugend, dieser Jungfräulichkeit, die sich in Dir erhielt, um mich eines Tages zu entzücken, – ich habe begriffen, daß die Summe der Herrlichkeiten bei weitem die Zahl der Schrecken und Schmerzen übersteigt, die ich je empfunden.

An Baladine Klossowska, 16. Dezember 1920 (B II)

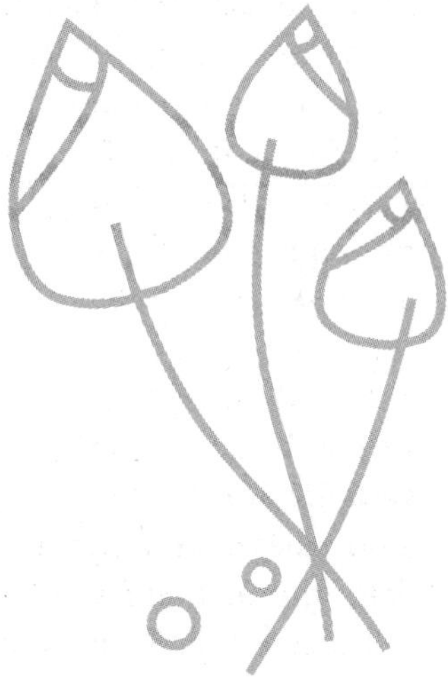

3. Kapitel

„Wie soll ich meine Seele halten“ – Die innere Einheit

Ich will aufgehen in Dir, wie das Kindergebet im lauten, jauchzenden Morgen, wie die Rakete bei den einsamen Sternen. Ich will Du sein. Ich will keine Träume haben, die Dich nicht kennen und keine Wünsche, die Du nicht erfüllen willst oder kannst. Ich will keine That thun, die Dich nicht preist und keine Blüte pflegen, die Dich nicht schmückt; ich will keinen Vogel grüßen, der nicht den Weg zu Deinem Fenster weiß und aus keinem Bach trinken, der nicht einmal Dein Bild gekostet hat. Ich will in kein Land gehen, in dem nicht Deine Träume wie fremde Wunderthäter gegangen sind und in keiner Hütte wohnen, drin Du nie gerastet hast. Ich will nichts wissen von der Zeit, die vor Dir war in meinen Tagen und von den Menschen die in diesen Tagen wohnen.

An Lou Andreas-Salomé, 9. Juni 1897 (AS)

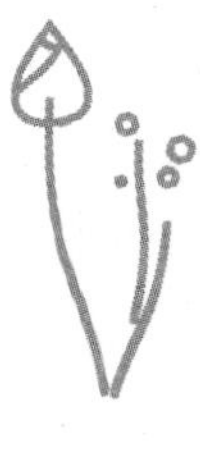

Lösch mir die Augen aus: ich kann dich
sehn,
wirf mir die Ohren zu: ich kann dich hören,
und ohne Füße kann ich zu dir gehn,
und ohne Mund noch kann ich dich
beschwören.
Brich mir die Arme ab, ich fasse dich
mit meinem Herzen wie mit einer Hand,
halt mir das Herz zu, und mein Hirn
wird schlagen,
und wirfst du in mein Hirn den Brand,
so werd ich dich auf meinem Blute tragen.

SW I

Einmal, am Rande des Hains,
stehn wir einsam beisammen
und sind festlich, wie Flammen –
fühlen: *Alles ist Eins.*

Halten uns fest umfaßt;
werden im lauschenden Lande
durch die weichen Gewande
wachsen wie Ast an Ast.

Wiegt ein erwachender Hauch
die Dolden des Oleanders:
sieh, wir sind nicht mehr anders,
und wir wiegen uns auch.

Meine Seele spürt,
daß wir am Tore tasten.
Und sie fragt dich im Rasten:
Hast Du mich hergeführt?

Und du lächelst darauf
so herrlich und heiter
und: bald wandern wir weiter:
Tore gehn auf..

Und wir sind nichtmehr zag,
unser Weg wird kein Weh sein,
wird eine lange Allee sein
aus dem vergangenen Tag.

SW III

Das Land ist licht und dunkel ist die
Laube,
und du sprichst leise und ein Wunder
naht.
Und jedes deiner Worte stellt mein
Glaube
als Betbild auf an meinem stillen Pfad.

Ich liebe dich. Du liegst im Gartenstuhle,
und deine Hände schlafen weiß im Schoß.
Mein Leben ruht wie eine Silberspule
in ihrer Macht. Lös meinen Faden los.

SW III

Siehe, ich wußte es sind
solche, die nie den gemeinsamen Gang
lernten zwischen den Menschen;
sondern der Aufgang in plötzlich
entatmete Himmel
war ihr Erstes. Der Flug
durch der Liebe Jahrtausende
ihr Nächstes, Unendliches.

Eh sie noch lächelten
weinten sie schon vor Freude;
eh sie noch weinten
war die Freude schon ewig.

Frage mich nicht
wie lange sie fühlten; wie lange
sah man sie noch? Denn unsichtbare sind
unsägliche Himmel
über der inneren Landschaft.

Eines ist Schicksal. Da werden die Menschen
sichtbarer. Stehn wie Türme. Verfalln.
Aber die Liebenden gehn
über der eignen Zerstörung
ewig hervor; denn aus dem Ewigen
ist kein Ausweg. Wer widerruft
Jubel?

SW II

Die Nacht holt heimlich durch des Vorhangs Falten
aus deinem Haar vergeßnen Sonnenschein.
Schau, ich will nichts, als deine Hände halten
und still und gut und voller Frieden sein.

Da wächst die Seele mir, bis sie in Scherben
den Alltag sprengt; sie wird so wunderweit:
An ihren morgenroten Molen sterben
die ersten Wellen der Unendlichkeit.

SW I

Das war der Tag der weißen
Chrysanthemen, –
mir bangte fast vor seiner schweren
Pracht …
Und dann, dann kamst du mir die Seele
nehmen
tief in der Nacht.

Mir war so bang, und du kamst lieb
und leise, –
ich hatte grad im Traum an dich gedacht.
Du kamst, und leis wie eine Märchenweise
erklang die Nacht …

SW I

Nirgends, Geliebte, wird Welt sein,
als innen. Unser
Leben geht hin mit Verwandlung. Und immer
geringer
schwindet das Außen.

SW I

Liebes-Lied

Wie soll ich meine Seele halten, daß
sie nicht an deine rührt? Wie soll ich sie
hinheben über dich zu andern Dingen?
Ach gerne möcht ich sie bei irgendwas
Verlorenem im Dunkel unterbringen
an einer fremden stillen Stelle, die
nicht weiterschwingt, wenn deine Tiefen schwingen.
Doch alles, was uns anrührt, dich und mich,
nimmt uns zusammen wie ein Bogenstrich,
der aus zwei Saiten *eine* Stimme zieht.
Auf welches Instrument sind wir gespannt?
Und welcher Geiger hat uns in der Hand?
O süßes Lied.

SW I

Immer wieder, ob wir der Liebe Landschaft
auch kennen
und den kleinen Kirchhof mit seinen
klagenden Namen
und die furchtbar verschweigende Schlucht,
in welcher die andern
enden: immer wieder gehn wir zu zweien
hinaus
unter die alten Bäume, lagern uns immer
wieder
zwischen die Blumen, gegenüber dem
Himmel.

SW II

Sind wirs, Lulu, sind wirs? Oder grüßen
sich in uns entgangene Gestalten?
Durch die Herzen, die wir offen halten,
geht der Gott mit Flügeln an den Füßen.

Widmung für Lou Albert-Lasard,
21. September 1914 (SW II)

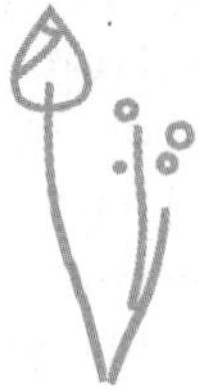

Und meine Seele
    ist ein Weib vor dir.
Und ist wie der Naëmi Schnur, wie Ruth.
Sie geht bei Tag um deiner Garben Hauf
wie eine Magd, die tiefe Dienste tut.
Aber am Abend steigt sie in die Flut
und badet sich und kleidet sich sehr gut
und kommt zu dir, wenn alles um dich
    ruht,
und kommt und deckt zu deinen Füßen
    auf.

Und fragst du sie um Mitternacht, sie sagt
mit tiefer Einfalt: Ich bin Ruth, die Magd.

SW I

Durch den plötzlich schönen Garten
    trägst du,
trägst du, Tragendste der Trägerinnen,
mir das ganz vergossne Herz zum Brunnen.

Und ich steh indessen mit dem deinen
unerschöpflichen in diesem schönen,
dem unendlich aufgefühlten Garten.

Wie ein Knabe steht mit seinen künftig
starken Gaben, sie noch nicht beginnend,
halt ich die Begabung deines Herzens.

Und du gehst indessen mit dem meinen
an den Brunnen. Aber um uns beide
sind wir selber dieser schöne Garten.

Sieh, was sind wir nicht? Wir sind die Sterne,
welche diesen Garten nachts erwidern,
und das Dunkel um die hohen Sterne.

Sind die Flüsse in den fremden Ländern,
sind der Länder Berge, und dahinter
sind wir wieder eine nächste Weite.

Einzeln sind wir Engel nicht; zusammen
bilden wir den Engel unsrer Liebe:
ich den Gang, du seines Mundes Jugend.

SW II

Daß ich die Früchte beschrieb,
kams vielleicht durch dein Bücken
zum Erdbeerbeet;
und wenn keine Blume in mir vergeht,
ist es vielleicht, weil Freude dich trieb,
eine zu pflücken?

Ich weiß, wie du liefst,
und plötzlich, du Atemlose,
warst du wartend mir zugewandt.
Ich saß bei dir, da du schliefst;
deine linke Hand
lag wie eine Rose.

SW II

Die Liebenden

Sieh, wie sie zueinander erwachsen:
in ihren Adern wird alles Geist.
Ihre Gestalten beben wie Achsen,
um die es heiß und hinreißend kreist.
Dürstende, und sie bekommen zu trinken,
Wache und sieh: sie bekommen zu sehn.
Laß sie ineinander sinken,
um einander zu überstehn.

SW II

Wie man ein Tuch vor angehäuften Atem,
nein: wie man es an eine Wunde preßt,
aus der das Leben ganz, in einem Zug,
hinauswill, hielt ich dich an mich: ich sah,
du wurdest rot von mir. Wer spricht es aus,
was uns geschah? Wir holten jedes nach,
wozu die Zeit nie war. Ich reifte seltsam
in jedem Antrieb übersprungner Jugend,
und du, Geliebte, hattest irgendeine
wildeste Kindheit über meinem Herzen.

SW II

—— * ——

… Ich möchte Purpurdecken spannen
und füllen möcht ich rings im Land
mit Balsamöl aus goldnen Kannen
die Blumenlampen bis zum Rand.

Sie sollen alle lange brennen,
bis wir, vom roten Tage blind,
uns in der blassen Nacht erkennen
und unsre Seelen – Sterne sind.

SW III

Ich geh dir nach, wie aus der dumpfen Zelle
ein Halbgeheilter schreitet: in der Helle
mit hellen Händen winkt ihm der Jasmin.
Ein Atemholen hebt ihn von der Schwelle, –
er tastet vorwärts: Welle schlägt um Welle
der großbewegte Frühling über ihn.

Ich geh dir nach in tiefem Dirvertrauen.
Ich weiß deine Gestalt durch diese Auen
vor meinen ausgestreckten Händen gehn.
Ich geh dir nach, wie aus des Fiebers
    Grauen
erschreckte Kinder gehn zu lichten Frauen,
die sie besänftigen und Furcht verstehn.

Ich geh dir nach. Wohin dein Herz
    mich führe
frag ich nicht nach. Ich folge dir
    und spüre
wie alle Blumen deines Kleides Saum ...

Ich geh dir nach auch durch die
    letzte Türe,
ich folge dir auch aus dem letzten Traum ...

SW III

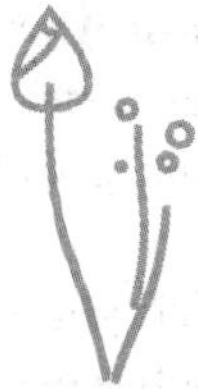

Siehe, wir lieben nicht, wie die
Blumen, aus einem
einzigen Jahr; uns steigt, wo wir lieben,
unvordenklicher Saft in die Arme.
O Mädchen,
dies: daß wir liebten *in* uns, nicht Eines,
ein Künftiges, sondern
das zahllos Brauende; nicht ein einzelnes
Kind,
sondern die Väter, die wie Trümmer Gebirgs
uns im Grunde beruhn; sondern das trockene
Flußbett
einstiger Mütter –; sondern die ganze
lautlose Landschaft unter dem wolkigen oder
reinen Verhängnis –: *dies* kam dir, Mädchen,
zuvor.

SW I

Oh erhöhe mich nicht!
Wer weiß, ob ich rag.
Heb nur leise dein Angesicht,
daß dir mein Niederschlag
fast wie dein eigenes Weinen sei.

Stürmt meine Stärke an dir vorbei,
stelle dich aufrecht in meinen Wind;
schließe die Lider vor meinem Wehn,
sei blind
vor lauter Mich-sehn.

SW II

Seele, oh daß ich dich
sänge, du steigende.
Daß ich ein Schweigen um deine schweigende
Mitte erhübe,
daß meine Trübe
zerrisse und Fänge von Licht
dich griffen: oh wisse
das Gleichgewicht, rührende Seele.

An Marthe Hennebert, Anfang Juli 1911 (SW II)

Zum Einschlafen zu sagen

Ich möchte jemanden einsingen,
bei jemandem sitzen und sein.
Ich möchte dich wiegen und kleinsingen
und begleiten schlafaus und schlafein.
Ich möchte der Einzige sein im Haus,
der wüßte: die Nacht war kalt.
Und möchte horchen herein und hinaus
in dich, in die Welt, in den Wald.
Die Uhren rufen sich schlagend an,
und man sieht der Zeit auf den Grund.
Und unten geht noch ein fremder Mann
und stört einen fremden Hund.
Dahinter wird Stille. Ich habe groß
die Augen auf dich gelegt;
und sie halten dich sanft und lassen
    dich los,
wenn ein Ding sich im Dunkel bewegt.

SW I

Halb ruf ich Dich, halb halt ich Dich
von mir,
daß ich den schönen Zauber nicht verstöre;
ich sag mir, wenn ich Deine Pulse höre:
bist Du nicht hier?

Was liegt an Deinem oder meinem Ort?
Sooft Du mich empfängst in Deinem Innern,
erschrocken wie durch künftiges Erinnern –:
bin ich nicht dort?

SW II

––– * –––

… heute, im ewigen Heut des Geistes, heut, Marina, empfing ich Dich in meinem Gemüth, in meinem ganzen Bewußtsein, das erbebt von Dir, von Deinem Kommen, als wär Dein großer Mit-Leser, der Ozean, mit Dir, Herzfluth, über mich hereingebrochen. *Was* Dir sagen? Du hast mir die Hände, gebend abwechselnd und wieder gefaltet, hast mir Deine Hände, Marina, ins Herz gehalten, wie ins Becken eines fließenden Brunnens: nun geht zu Dir, solang Du sie drinnen hältst, die verdrängte Strömung über … Laß Dir's gefallen.

An Marina Zwetajewa, 10. Mai 1926 (Z)

Wie waren sie verwirrt,
    die jungen Büglerinnen
wenn ich vorüber kam, den Weg zu dir,
zwar wars die Gasse, doch mein Weg
    war innen
und wie in Innres schauten alle vier.

Ach Alle, die mich sahn, wenn ich zu dir
    ging, glaube,
sie leben noch davon, von meinem Blick,
    der schien,
vom Wind in meinem Gehn, von meinem
    Blütenstaube,
der in ihr Staunen trieb –, sie faßten ihn.

SW II

Weil dich so manche Wunde brennt,
ist in mir Wundenheilenwollen;
weil dich die Freude selten kennt,
ist in mir Freudenteilenwollen.
Weil nie vom Glück das Weh sich trennt,
lebt ein Selbanderweilenwollen
tief in mir – das sich Liebe nennt …

SW III

Wenn es nur einmal so ganz stille wäre …
wenn das Zufällige und Ungefähre
verstummte und das nachbarliche
Lachen,
und das Geräusch, das meine Sinne
machen,
mich nicht so sehr verhinderte am
Wachen:
dann könnte ich in einem tausendfachen
Gedanken bis an Deinen Rand Dich
denken
und Dich besitzen (nur ein Lächeln lang)
um Dich an alles Leben zu verschenken,
wie einen Dank.

SW III

—— * ——

Du duftest aus dir hinaus,
schon schwindelt von dir den Sternen.
Heute laß mich die Fernen
weghalten und wie ein Haus
warm sein um dich und zu.
(Wohn in mir diese Nacht
wach in mir und gib acht)

SW II

Einmal in vielen Jahren wirst Du ganz
verstehen, was Du mir bist.
Was der Bergquell dem Verdurstenden ist.
Und wenn der Verdurstende gut und
dankbar ist, so schlürft er sich nicht kühl
und stark an seiner Klarheit, um dann in
die neue Sonne weiterzuziehen;
er baut in seinem *Schutz* und so nah,
daß er sein Singen hört, eine Hütte und
bleibt in dem stillen Wiesenthal, bis ihm
die Augen sonnenmüde sind, und das
Herz ihm übergeht vor Reichthum und
Verstehen.
Ich baue Hütten und – bleibe.

(...)

Durch Dich will ich die Welt sehen;
denn dann seh ich nicht die Welt,
sondern immer nur Dich, Dich, Dich!

An Lou Andreas-Salomé, 8. Juni 1897 (AS)

4. Kapitel

„Ich bin von dir
so ferne" –
Von der Sehnsucht

Nur noch Stunden, und ich werde leise
meine Hände in die Deinen legen.
Ach, wie lange ruhten sie nicht aus.
Kannst Du Dir denn denken, daß ich Jahre
so – ein Fremder unter Fremden – fahre,
und nun endlich nimmst Du mich
nach Haus!

SW II

Ich bin von dir so ferne
und sehn mich nach dir hin.
Mich hören nur die Sterne,
die stille droben ziehn.
Und was ich dir verhehle,
verborgen kanns nicht sein
für sie, denn in die Seele
schaun sie mir tief hinein.

Dort lesen sie mein Sehnen,
dort klärt ihr lichter Strahl
den Grund für meine Tränen,
den Grund für meine Qual, –
und manchen Wunsch, der gerne
den Lippen möcht entfliehn. –
Mich hören nur die Sterne,
die stille droben ziehn.

SW III

Du spielst, und über die Menschen fort drängt mirs Deine Liebe herüber, Welle für Welle. Oh Liebe oh Geliebte – oh Einfluß. Einfluß über die Trennung hinüber, die zu Ende geht. Wie oft fürchtete ich mich vor Einflüssen entfernter Menschen. Ich glaube die Ferne ist ein Weg, auf dem ich wehrloser erreichbar bin als durch jede Nähe. Wie oft liegt etwas über mir, ein Ver-Wunsch, der Wolkenschatten irgendeines entfernten Gefühls, die Kühle einer fremden Bestimmung. Mein Herz liegt offen da in einem furchtbar leitenden Raum, ich kanns nicht verdecken, sonst verdeck ichs auch den Gestirnen.

An Magda von Hattingberg, 18. Februar 1914 (MIL)

Dorthin mein Sehnen flieht
da wo du bist,
wenn sich von Tränen müd
mein Auge schließt.

Dann ist, als lösten sich
die Leiden schwer,
als kämst zu trösten mich
du zu mir her.

Aber noch kaum gestillt
Sehnsucht mir schien,
flieht schon dein Traumgebild,
muß es denn fliehn?

SW III

Ankunft

In einer Rose steht dein Bett, Geliebte.
    Dich selber
(oh ich Schwimmer wider die Strömung
    des Dufts)
hab ich verloren. So wie dem Leben zuvor
diese (von außen nicht meßbar) dreimal
    drei Monate sind,
so, nach innen geschlagen, werd ich erst
    sein. Auf einmal,
zwei Jahrtausende vor jenem neuen
    Geschöpf,
das wir genießen, wenn die Berührung
    beginnt,
plötzlich: gegen dir über, werd ich
    im Auge geboren.

SW II

Die Braut

Ruf mich, Geliebter, ruf mich laut!
Laß deine Braut nicht so lange am Fenster stehn.
In den alten Platanenalleen
wacht der Abend nicht mehr:
sie sind leer.

Und kommst du mich nicht in das nächtliche Haus
mit deiner Stimme verschließen,
so muß ich mich aus meinen Händen hinaus
in die Gärten des Dunkelblaus
ergießen …

SW I

Die Liebende

Ja ich sehne mich nach dir. Ich gleite
mich verlierend selbst mir aus der Hand,
ohne Hoffnung, daß ich Das bestreite,
was zu mir kommt wie aus deiner Seite
ernst und unbeirrt und unverwandt.

... jene Zeiten: O wie war ich Eines,
nichts was rief und nichts was mich
verriet;
meine Stille war wie eines Steines,
über den der Bach sein Murmeln zieht.

Aber jetzt in diesen Frühlingswochen
hat mich etwas langsam abgebrochen
von dem unbewußten dunkeln Jahr.
Etwas hat mein armes warmes Leben
irgendeinem in die Hand gegeben,
der nicht weiß was ich noch gestern war.

SW I

Die Stille

Hörst du, Geliebte, ich hebe die Hände –
hörst du: es rauscht …
Welche Gebärde der Einsamen fände
sich nicht von vielen Dingen belauscht?
Hörst du, Geliebte, ich schließe die Lider,
und auch *das* ist Geräusch bis zu dir.
Hörst du, Geliebte, ich hebe sie wieder …
… aber warum bist du nicht hier.

Der Abdruck meiner kleinsten Bewegung
bleibt in der seidenen Stille sichtbar;
unvernichtbar drückt die geringste
    Erregung
in den gespannten Vorhang der Ferne
    sich ein.
Auf meinen Atemzügen heben und senken
die Sterne sich.
Zu meinen Lippen kommen die Düfte zur
    Tränke,
und ich erkenne die Handgelenke
entfernter Engel.
Nur die ich denke: Dich
seh ich nicht.

SW I

Oh wie fühl ich still zu dir hinüber,
oh wie gehen mir von deinem Bild
steigende Gefühle flutend über.
Ungeheuer ist mein Herz gewillt.

In dem Raume, den ich in mich schaute
aus dem Weltraum und dem Wind am
 Meer,
gehst du, unbegreifliche Vertraute,
wie sein eigenstes Geschöpf umher.

Nun erst schließ ich, ach nach wieviel
 Zeiten
Meine Augen über mir; nun mag
keine Sehnsucht mehr mich überschreiten;
denn vollendeter wird Nacht und Tag.

Schau ich aber leise auf, so heilt
mir die Welt am milderen Gesichte –,
oh so war ja doch: daß ich verzichte,
allen Engeln noch nicht mitgeteilt.

LG

Träume, die in deinen Tiefen wallen,
aus dem Dunkel laß sie alle los.
Wie Fontänen sind sie, und sie fallen
lichter und in Liederintervallen
ihren Schalen wieder in den Schoß.

Und ich weiß jetzt: wie die Kinder werde.
Alle Angst ist nur ein Anbeginn;
aber ohne Ende ist die Erde,
und das Bangen ist nur die Gebärde,
und die Sehnsucht ist ihr Sinn –

SW I

Und du warst schön. In deinem Auge
schien
sich Nacht und Sonne sieghaft
zu versöhnen.
Und Hoheit hüllte wie ein Hermelin
dich ein: So kam dich meine Liebe krönen.
Und meine nächteblasse Sehnsucht stand,
weißbindig wie der Vesta Priesterin,
an deines Seelentempels Säulenrand
und streute lächelnd weiße Blüten hin.

SW I

Das Lied der Bildsäule

Wer ist es, wer mich so liebt, daß er
sein liebes Leben verstößt?
Wenn einer für mich ertrinkt im Meer,
so bin ich vom Steine zur Wiederkehr
ins Leben, ins Leben erlöst.

Ich sehne mich so nach dem rauschenden
 Blut;
der Stein ist so still.
Ich träume vom Leben: das Leben ist gut.
Hat keiner den Mut,
durch den ich erwachen will?

Und werd ich einmal im Leben sein,
das mir alles Goldenste gibt, –
– – – – – – – – – – – – –
so werd ich allein
weinen, weinen nach meinem Stein.
Was hilft mir mein Blut, wenn es reift
 wie der Wein?
Es kann aus dem Meer nicht den Einen
 schrein,
der mich am meisten geliebt.

SW I

Leise ruft der Buchenwald.
Winkt mit seinen jungen Zweigen
weit hinaus ins Wiesenschweigen.

Kommt mein blonder Liebling bald
mir die tiefen Wege zeigen,
wo die Lichter wie Elfen reigen?

Kommt mein blonder Liebling bald?

Grüßend wird meine Seele sich neigen.
Meine Seele ist maieneigen
wie der rufende Buchenwald.

SW III

Ich bin jener, den man nicht erreicht,
und im Recht nur, wo ich mich erwehre.
Dicht an Deinem Herzen wär ich Schwere,
aber aus der Ferne mach ich leicht.

SW II

Schau, unsre Tage sind so eng
und bang das Nachtgemach;
wir langen alle ungelenk
den roten Rosen nach.

Du mußt uns milde sein, Marie,
wir blühn aus deinem Blut,
und du allein kannst wissen, wie
so weh die Sehnsucht tut;

du hast ja dieses Mädchenweh
der Seele selbst erkannt:
sie fühlt sich an wie Weihnachtsschnee,
und steht doch ganz in Brand …

SW I

War es nicht Zeit? Wie der Vormorgen den
Aufgang,
wart ich dich an, blaß von geleisteter Nacht;
wie ein volles Theater, bild ich ein großes
Gesicht,
daß deines hohen mittleren Auftritts
nichts mir entginge. O wie ein Golf hofft
ins Offne
und vom gestreckten Leuchtturm
scheinende Räume wirft; wie ein Flußbett
der Wüste,
daß es vom reinen Gebirg bestürze, noch
himmlisch, der Regen, –
wie der Gefangne, aufrecht, die Antwort
des einen
Sternes ersehnt, herein in sein schuldloses
Fenster;
wie einer die warmen
Krücken sich wegreißt, daß man sie hin an
den Altar
hänge, und daliegt und ohne Wunder nicht
aufkann:
siehe, so wälz ich, wenn du nicht kommst,
mich zu Ende.

Dich nur begehr ich.

SW II

5. Kapitel

„Ausgesetzt auf den Bergen des Herzens“ – Melancholie der Liebe

Im Frühling oder im Traume
bin ich dir begegnet einst,
und jetzt gehn wir zusamm durch den
Herbsttag,
und du drückst mir die Hand und weinst.

Weinst du ob der jagenden Wolken?
Ob der blutroten Blätter? Kaum.
Ich fühl es: du warst einmal glücklich
im Frühling oder im Traum …

SW I

—— * ——

Noch ahnst du nichts vom Herbst
des Haines,
drin lichte Mädchen lachend gehn;
nur manchmal küsst wie fernes, feines
Erinnern dich der Duft des Weines, -
sie lauschen, und es singt wohl eines
ein wehes Lied vom Wiedersehn.

In leiser Luft die Ranken schwanken,
wie wenn wer Abschied winkt. – Am Pfad
stehn alle Rosen in Gedanken;
sie sehen ihren Sommer kranken,
und seine hellen Hände sanken
leise von seiner reifen Tat.

SW I

… pflanze
mich nicht in dein Herz. Ich wüchse
zu schnell.

SW I

—— ✻ ——

Daß Du bist genügt. Ob ich nun wäre,
laß es zwischen uns in Schwebe sein.
Wirklichkeit ist wahr in ihrer Sphäre;
schließlich schließt das ganz Imaginäre
alle Stufen der Verwandlung ein.

SW II

—— ✻ ——

Komm an den Brunnen, der ich bin; ich gebe
die Wasser weiter, selber nicht gespeist …,
und während ich von Spiegelungen lebe, –
was weiß ich denn wie dieses Wasser heißt!

SW II

Wir, in den ringenden Nächten,
wir fallen von Nähe zu Nähe;
und wo die Liebende taut,
sind wir ein stürzender Stein.

SW II

—— * ——

Clara und ich, lieber Friedrich, wir haben uns gerade darin gefunden und verstanden, daß alle Gemeinsamkeit nur im Erstarken zweier benachbarter Einsamkeiten bestehen kann, daß aber alles, was man Hingabe zu nennen pflegt, seinem Wesen nach der Gemeinsamkeit schädlich ist: denn wenn ein Mensch sich verläßt, so ist er nichts mehr, und wenn zwei Menschen beide sich selbst aufgeben, um zueinander zu treten, so ist kein Boden mehr unter ihnen und ihr Beisammensein ist ein fortwährendes Fallen. – Wir haben, mein lieber Friedrich, nicht ohne große Schmerzen, solches erfahren, haben erfahren, was jeder, der ein eigenes Leben will, so oder so zu wissen bekommt.

An Friedrich Westhoff, 29. April 1904 (RB I)

Welt war in dem Antlitz der Geliebten –,
aber plötzlich ist sie ausgegossen:
Welt ist draußen, Welt ist nicht zu fassen.

Warum trank ich nicht, da ich es aufhob,
aus dem vollen, dem geliebten Antlitz
Welt, die nah war, duftend meinem
  Munde?

Ach, ich trank. Wie trank ich unerschöpf-
  lich.
Doch auch ich war angefüllt mit zuviel
Welt, und trinkend ging ich selber über.

SW II

Ausgesetzt auf den Bergen des Herzens.
Siehe, wie klein dort,
siehe: die letzte Ortschaft der Worte, und
höher,
aber wie klein auch, noch ein letztes
Gehöft von Gefühl. Erkennst du's?
Ausgesetzt auf den Bergen des Herzens.
Steingrund
unter den Händen. Hier blüht wohl
einiges auf; aus stummem Absturz
blüht ein unwissendes Kraut singend hervor.
Aber der Wissende? Ach, der zu wissen
begann
und schweigt nun, ausgesetzt auf den Bergen
des Herzens.
Da geht wohl, heilen Bewußtseins,
manches umher, manches gesicherte Bergtier,
wechselt und weilt. Und der große geborgene
Vogel
kreist um der Gipfel reine Verweigerung. –
Aber
ungeborgen, hier auf den Bergen des Herzens
...

SW II

Sterne hinter Oliven

Geliebter, den so vieles irre macht,
neig dich zurück bis du im lautern Laube
die Stellen siehst, die Sterne sind. Ich glaube
die Erde ist nicht anders als die Nacht.

Sieh, wie im selbstvergessenen Geäste
das Nächste sich mit Namenlosem mischt;
man zeigt uns dies; man hält uns nicht
    wie Gäste
die man nur nimmt, erheitert und erfrischt.

Wie sehr wir auch auf diesen Wegen litten,
wir haben nicht den Garten abgenützt,
und Stunden, größere als wir erbitten,
tasten nach uns und gehn auf uns gestützt.

SW II

—— * ——

Laß mich nicht an deinen Lippen trinken,
denn an Munden trank ich mir Verzicht.
Laß mich nicht in deine Arme sinken,
denn mich fassen Arme nicht.

SW II

Du im Voraus
verlorne Geliebte, Nimmergekommene,
nicht weiß ich, welche Töne dir lieb sind.
Nicht mehr versuch ich, dich, wenn das
    Kommende wogt,
zu erkennen. Alle die großen
Bilder in mir, im Fernen erfahrene Landschaft,
Städte und Türme und Brücken und un-
vermutete Wendung der Wege
und das Gewaltige jener von Göttern
einst durchwachsenen Länder:
steigt zur Bedeutung in mir
deiner, Entgehende, an.

Ach, die Gärten bist du,
ach, ich sah sie mit solcher
Hoffnung. Ein offenes Fenster
im Landhaus –, und du tratest beinahe
mir nachdenklich heran. Gassen fand ich, –
du warst sie gerade gegangen,
und die Spiegel manchmal der Läden der
    Händler
waren noch schwindlich von dir und gaben
    erschrocken
mein zu plötzliches Bild. – Wer weiß,
    ob derselbe
Vogel nicht hinklang durch uns
gestern, einzeln, im Abend?

SW II

Einsamkeit

Die Einsamkeit ist wie ein Regen.
Sie steigt vom Meer den Abenden entgegen;
von Ebenen, die fern sind und entlegen,
geht sie zum Himmel, der sie immer hat.
Und erst vom Himmel fällt sie auf die Stadt.

Regnet hernieder in den Zwitterstunden,
wenn sich nach Morgen wenden alle Gassen
und wenn die Leiber, welche nichts gefunden,
enttäuscht und traurig von einander lassen;
und wenn die Menschen, die einander hassen,
in *einem* Bett zusammen schlafen müssen:

dann geht die Einsamkeit mit den Flüssen …

SW I

Waren Schritte in dem Heiligtume?
Kannst du näher kommen? Bist du nicht
in dein Bild gebunden, wie die Blume,
die nur kommen kann, wenn man sie bricht.

O dann komm bis an die Türe innen
wenn du auch zu öffnen nicht vermagst,
und ich will mein Herz von vorn beginnen
und nichts andres sein als was du sagst.

Denk wir haben es ja schon so schwer,
dich zu fühlen ohne dich zu schauen.
Uns verwirrten alle diese Frauen
die wir liebten, ohne daß sie mehr

als ein Kommen und Vorüberschreiten
uns gewährten. Sag, wer waren sie?
Warum bleibt uns keine je zuseiten
und wo gehn sie alle hin, Marie?

SW II

Sie haben lange zusammen gelacht
und lernten sich nahen und nennen,
und als sie standen am Rande der Nacht,
da konnten sie sich nicht erkennen.

„Wo bist du? –“
„„Wo bist du? –““

Und keines sprach.
Sie müssen im Walde wandern.
Und rasten und hasten und tasten nach
Eines dem Weinen des Andern.

SW III

Wir sind ganz angstallein,
haben nur aneinander Halt,
jedes Wort wird wie ein Wald
vor unserm Wandern sein.
Unser Wille ist nur der Wind,
der uns drängt und dreht;
weil wir selber die Sehnsucht sind,
die in Blüten steht.

SW III

Lied

Du, der ichs nicht sage, daß ich bei Nacht
weinend liege,
deren Wesen mich müde macht
wie eine Wiege.
Du, die mir nicht sagt, wenn sie wacht
meinetwillen:
wie, wenn wir diese Pracht
ohne zu stillen
in uns ertrügen?
– – – – – – – – – – – –
Sieh dir die Liebenden an,
wenn erst das Bekennen begann,
wie bald sie lügen.
– – – – – – – – – – – –
Du machst mich allein. Dich einzig kann
    ich vertauschen.
Eine Weile bist dus, dann wieder ist es das
    Rauschen,
oder es ist ein Duft ohne Rest.
Ach, in den Armen hab ich sie alle
    verloren,
du nur, du wirst immer wieder
    geboren:
weil ich niemals dich anhielt,
    halt ich dich fest.

SW II

Einmal nahm ich zwischen meine Hände
dein Gesicht. Der Mond fiel darauf ein.
Unbegreiflichster der Gegenstände
unter überfließendem Gewein.

Wie ein williges, das still besteht,
beinah war es wie ein Ding zu halten.
Und doch war kein Wesen in der kalten
Nacht, das mir unendlicher entgeht.

O da strömen wir zu diesen Stellen,
drängen in die kleine Oberfläche
alle Wellen unsres Herzens,
Lust und Schwäche,
und wem halten wir sie schließlich hin?

Ach dem Fremden, der uns mißverstanden,
ach dem andern, den wir niemals fanden,
denen Knechten, die uns banden,
Frühlingswinden, die damit entschwanden,
und der Stille, der Verliererin.

SW II

Die Liebende

Das ist mein Fenster. Eben
bin ich so sanft erwacht.
Ich dachte, ich würde schweben.
Bis wohin reicht mein Leben,
und wo beginnt die Nacht?

Ich könnte meinen, alles
wäre noch Ich ringsum;
durchsichtig wie eines Kristalles
Tiefe, verdunkelt, stumm.

Ich könnte auch noch die Sterne
fassen in mir; so groß
scheint mir mein Herz; so gerne
ließ es ihn wieder los

den ich vielleicht zu lieben,
vielleicht zu halten begann.
Fremd, wie niebeschrieben
sieht mich mein Schicksal an.

Was bin ich unter diese
Unendlichkeit gelegt,
duftend wie eine Wiese,
hin und her bewegt,

rufend zugleich und bange,
daß einer den Ruf vernimmt,
und zum Untergange
in einem Andern bestimmt. *SW I*

Ich hab Dich nie anders gesehen, als so, daß ich hätte beten mögen zu Dir. Ich hab Dich nie anders gehört, als so, daß ich hätte glauben mögen an Dich. Ich hab Dich nie anders ersehnt, als so, daß ich hätte leiden mögen um Dich. Ich hab Dich nie anders begehrt, als so, daß ich hätte knien dürfen vor Dir.

Ich bin Dein, wie der Stab dem Wanderer zueigen ist, nur stütz' ich Dich nicht. Ich bin Dein wie das Scepter der Königin zueigen ist – nur mach ich Dich nicht reich. – Ich bin Dein, wie der letzte kleine Stern der Nacht zueigen ist, ob sie auch kaum von ihm weiß und seinen Schimmer nicht kennt.

An Lou Andreas-Salomé, 8. Juni 1897 (AS)

——— * ———

Liebende, euch, ihr in einander Genügten,
frag ich nach uns. Ihr greift euch. Habt ihr
    Beweise?
Seht, mir geschiehts, daß meine Hände
    einander
inne werden oder daß mein gebrauchtes
Gesicht in ihnen sich schont. Das gibt mir
    ein wenig
Empfindung. Doch wer wagte darum schon
    zu *sein*?

Ihr aber, die ihr im Entzücken des anderen
zunehmt, bis er euch überwältigt
anfleht: nicht *mehr* –; die ihr unter den Händen
euch reichlicher werdet wie Traubenjahre;
die ihr manchmal vergeht, nur weil der andre
ganz überhand nimmt: euch frag ich nach uns. Ich weiß,
ihr berührt euch so selig, weil die Liebkosung verhält,
weil die Stelle nicht schwindet, die ihr, Zärtliche,
zudeckt; weil ihr darunter das reine
Dauern verspürt. So versprecht ihr euch Ewigkeit fast
von der Umarmung. Und doch, wenn ihr der ersten
Blicke Schrecken besteht und die Sehnsucht am Fenster,
und den ersten gemeinsamen Gang, *ein* Mal durch den Garten:
Liebende, *seid* ihrs dann noch? Wenn ihr einer dem andern
euch an den Mund hebt und ansetzt –: Getränk an Getränk:
o wie entgeht dann der Trinkende seltsam der Handlung.

SW I

Dich zu fühlen bin ich aus den leichten
Kreisen meiner Fühlungen gestiegen
und jetzt soll mich täglich im Erreichten
Trauer großer Nähe überwiegen,
dieses hülflos menschliche Gewicht.

SW II

——✻——

Glaub mir, Geliebte: wir sind beide
noch nicht an unserm Anbeginn.
Du spinnst noch deine Sommerseide,
ich fühle, wenn ich nach dir leide,
daß ich noch viel zu bange bin.

Wir wollen keine Angst behalten;
und eh wir uns aus uns gestalten,
muß bei dem Zueinandergehn
aus unsres Kleides letzten Falten
der letzte Staub des Weges wehn.

SW III

Der Einsame

Nein: ein Turm soll sein aus meinem Herzen
und ich selbst an seinen Rand gestellt:
wo sonst nichts mehr ist, noch einmal Schmerzen
und Unsäglichkeit, noch einmal Welt.

Noch ein Ding allein im Übergroßen,
welches dunkel wird und wieder licht,
noch ein letztes, sehnendes Gesicht
in das Nie-zu-Stillende verstoßen,

noch ein äußerstes Gesicht aus Stein,
willig seinen inneren Gewichten,
das die Weiten, die es still vernichten,
zwingen, immer seliger zu sein.

SW I

Wie aber mutet *jetzt* Dich Zeit an, Du
mir frei Vertraute, durch der Fernen Gnade?
(Wo etwas bricht, mit einem leisen „Schade",
kehrst Du Dich, hoff ich, einem Heilen zu.)

Wer ist um Dich? Wer hilft Dir dieses sein,
wofür man einen hält? Wer scheinst Du Dir,
nachts, wenn Du aufwachst, mit der Welt
allein?
... Dann schlägt es Eins ....., dann schlägt es
Vier ...,
und ist noch dunkel wie in uns, wo nie
die Uhren schlagen. Welches Buch liegt dann
auf Deinem Tisch im Dunkel? Fingst Du's an,
weil etwas *nicht* kam ...., oder trieben die,
die wirklich kamen, Dich in seinen Schutz?
....
Ich frage nichts. Fragen ist Eigennutz.
Was ich vermute, steht Dir alles frei:
es sei Dein Vorrat. Leise an Dir weht
der Flügel meiner Zärtlichkeit vorbei
und dieser Einfluß: mildester Magnet.

SW II

Wenn ich manchmal in den letzten Jahren mich dahin ausreden durfte, daß gewisse Versuche, im Leben selbst menschlicher und natürlicher Fuß zu fassen, deshalb fehlgeschlagen wären, weil die Menschen, um die es sich dabei handelte, mich nicht verstanden, mir, eins über das andere, Gewalt, Unrecht und Schaden angethan und mich so fassungslos gemacht hätten –, so bleib ich nun, nach diesen Monaten Leidens, ganz anders gerichtet zurück: einsehn müssend diesmal, daß keiner mir helfen kann, keiner; und käme er mit dem berechtigtesten, unmittelbarsten Herzen und wiese sich aus bis an die Sterne hinan und ertrüge mich, wo ich mich noch so schwer und steif mache, und behielte die reine, die unbeirrte Richtung zu mir, auch wenn ich ihm zehnmal den Liebesstrahl breche mit der Trübe und Dichte meiner Unterwasser-Welt –: ich würde doch (das weiß ich nun) ein Mittel finden, ihn in der ganzen Fülle seiner immer neu nachwachsenden Hülfe bloßzustellen, ihn in einen Bereich luftleerer Lieblosigkeit einzuschließen, so daß sein Beistand, unanwendbar, an ihm selber überreif wird und welk und schrecklich abgestorben.

Liebe Lou, seit einem Monat bin ich wieder allein, und dieses ist mein erster Versuch, zur Besinnung zu kommen –; Du siehst, wie es um sie bestellt ist. Man wird am Ende manches dabei gelernt haben, – vor der Hand freilich merk ich immer wieder nur dieses: daß ich wiederum einer reinen und frohen Aufgabe nicht gewachsen war, in der das Leben noch einmal, arglos verzeihungsvoll, als ob es gar keine bösen Erfahrungen mit mir gemacht hätte, zu mir herübertrat. Nun ist klar, daß ich auch diesmal durch die Prüfung gefallen bin …

An Lou Andreas-Salomé, 8. Juni 1914 (AS)

—— * ——

… auch jetzt, auch in diesen letzten Wochen, ich brachte es nicht zu jenem Bewußtsein meiner natürlichen Einsamkeit, aus dem heraus allein ich meiner mächtig werden kann. Mein Herz war aus der Mitte seiner Kreise hinausgerückt, an die Peripherie, dorthin, wo es Dir am nächsten war –, dort mag es groß sein, fühlend, jubelnd oder beängstigt, – es ist nicht in *seiner* Konstellation, es ist nicht das Herz meines Lebens.

In unserer süßesten und vielleicht gerechtesten Stunde, Geliebte, hast Du mir versichert, daß Du nun alle Arten der Liebe zu mir fassen könntest. Ach, nimm Dich zusammen, ………, zu jener, wie sie nun heißen mag, die mir *mein* Leben gewährt, die es mir womöglich bestärkt. Ich kann nicht los von mir. Denn, wenn ich alles alles Meinige aufgäbe und, wie ich es manchmal ersehne, blindlings in Deine Arme überginge, mich darin verlöre –, so hieltest Du ja eben einen, der sich aufgegeben hat: nicht mich, nicht mich.

Ich kann mich nicht verstellen und nicht ändern. Genau wie in meiner Kindheit vor der gewaltsamen Liebe meines Vaters, so knie ich auch jetzt in der Welt und bitte die, die mich lieben, um Schonung. Ja, daß sie mich schonen! Daß sie mich nicht verbrauchen für ihr Glück, sondern mir beistehen, jenes tiefste einsame Glück in mir zu entfalten, ohne dessen Große Beweise sie mich doch am Ende nicht würden geliebt haben.

Aus: Das Testament, Frühjahr 1921 (DT)

Dies ist Besitz: daß uns vorüberflog
die Möglichkeit des Glücks. Nein, nicht
einmal.
Un-Möglichkeit sogar; nur ein Vermuten,
daß dieser Sommer, dieser Gartensaal, –
daß die Musik hinklingender Minuten
unschuldig war, da sie uns rein betrog.

Du, schon Erwachsene, wie denk ich dein.
Nicht mehr wie einst, als ein bestürztes Kind,
nun, beinah wie ein Gott, in seiner Freude.
Wenn solche Stunden unvergänglich sind,
was dürfte dann das Leben für Gebäude
in uns errichten aus Geruch und Schein.

SW II

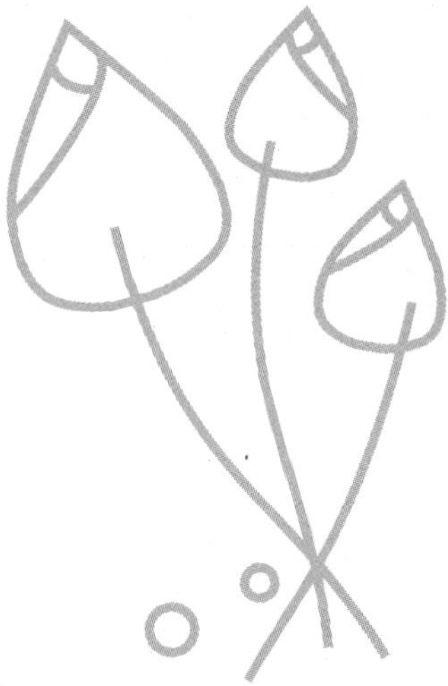

6. Kapitel

„Wie meine Träume nach dir schrein“ – Abschied ist schwer

Wie meine Träume nach dir schrein.
Wir sind uns mühsam fremd geworden,
jetzt will es mir die Seele morden,
dies arme, bange Einsamsein.

Kein Hoffen, das die Segel bauscht.
Nur diese weite, weiße Stille,
in die mein tatenloser Wille
in atemlosem Bangen lauscht.

SW I

Schlaflied

Einmal wenn ich dich verlier,
wirst du schlafen können, ohne
daß ich wie eine Lindenkrone
mich verflüstre über dir?

Ohne daß ich hier wache und
Worte, beinah wie Augenlider,
auf deine Brüste, auf deine Glieder
niederlege, auf deinen Mund.

Ohne daß ich dich verschließ
und dich allein mit Deinem lasse
wie einen Garten mit einer Masse
von Melissen und Stern-Anis.

SW I

So laß uns Abschied nehmen wie zwei Sterne
durch jenes Übermaß von Nacht getrennt,
das eine Nähe ist, die sich an Ferne
erprobt und an dem Fernsten sich erkennt.

SW II

Heb mich aus meines Abfalls Finsternissen
in dein Gesicht, das mich so süß erkennt.
Wie war ich, damals, zu dir hingerissen,
in meines Herzens Element.

Nun fiel ich ab und muß mich trübe
 trösten
mit wirrem, wucherndem Gelüst;
du hast den Innigen, dir Eingeflößten,
Geliebte, nicht zuend geküßt.

Die Sehnsucht, die du namenlos erlitten,
bricht nun in meinen Adern aus und
 schreit.
Wie trugst du nur in deinen Liebesmitten
die Leere, die den Einsamen entzweit!

SW II

Abschied

Wie hab ich das gefühlt was Abschied heißt.
Wie weiß ichs noch: ein dunkles
  unverwundnes
grausames Etwas, das ein Schönverbundnes
noch einmal zeigt und hinhält und zerreißt.

Wie war ich ohne Wehr, dem zuzuschauen,
das, da es mich, mich rufend, gehen ließ,
zurückblieb, so als wärens alle Frauen
und dennoch klein und weiß und nichts
  als dies:

Ein Winken, schon nicht mehr auf mich
  bezogen,
ein leise Weiterwinkendes –, schon kaum
erklärbar mehr: vielleicht ein Pflaumenbaum,
von dem ein Kuckuck hastig abgeflogen.

SW I

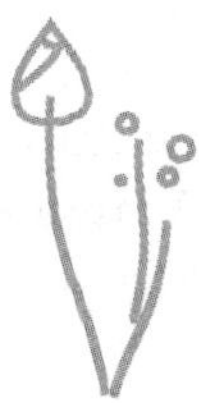

Es leuchteten im Garten die Syringen,
von einem Ave war der Abend voll, –
da war es, daß wir voneinander gingen
in Gram und Groll.

Die Sonne war in heißen Fieberträumen
gestorben hinter grauen Hängen weit,
und jetzt verglomm auch hinter Blüten-
bäumen
dein weißes Kleid.

Ich sah den Schimmer nach und nach
vergehen
und bangte bebend wie ein furchtsam
Kind,
das lange in ein helles Licht gesehen:
Bin ich jetzt blind? –

SW I

Bilden die Nächte sich nicht aus dem
schmerzlichen Raum
aller der Arme die jäh ein Geliebter verließ.
Ewige Liebende, die überstehn will: ergieß
dich als Quelle, schließ dich als Lorbeer-
baum.

SW II

Letzter Abend

Und Nacht und fernes Fahren; denn der Train
des ganzen Heeres zog am Park vorüber.
Er aber hob den Blick vom Clavecin
und spielte noch und sah zu ihr hinüber

beinah wie man in einen Spiegel schaut:
so sehr erfüllt von seinen jungen Zügen
und wissend, wie sie seine Trauer trügen,
schön und verführender bei jedem Laut.

Doch plötzlich wars, als ob sich das
    verwische:
sie stand wie mühsam in der Fensternische
und hielt des Herzens drängendes Geklopf.

Sein Spiel gab nach. Von draußen wehte
    Frische.
Und seltsam fremd stand auf dem Spiegel-
    tische
der schwarze Tschako mit dem Totenkopf.

SW I

Der Tod der Geliebten

Er wußte nur vom Tod was alle wissen:
daß er uns nimmt und in das Stumme stößt.
Als aber sie, nicht von ihm fortgerissen,
nein, leis aus seinen Augen ausgelöst,

hinüberglitt zu unbekannten Schatten,
und als er fühlte, daß sie drüben nun
wie einen Mond ihr Mädchenlächeln hatten
und ihre Weise wohlzutun:

da wurden ihm die Toten so bekannt,
als wäre er durch sie mit einem jeden
ganz nah verwandt; er ließ die andern reden

und glaubte nicht und nannte jenes Land
das gutgelegene, das immersüße –
Und tastete es ab für ihre Füße.

SW I

Dich aber will ich nun, *Dich*,
    die ich kannte
wie eine Blume, von der ich den Namen
    nicht weiß,
noch *ein* Mal erinnern und ihnen zeigen,
    Entwandte,
schöne Gespielin des unüberwindlichen
    Schrei's.

Tänzerin erst, die plötzlich, den Körper
    voll Zögern,
anhielt, als göß man ihr Jungsein in Erz;
trauernd und lauschend –. Da, von den
    hohen Vermögern
fiel ihr Musik in das veränderte Herz.

Nah war die Krankheit. Schon von den
    Schatten bemächtigt,
drängte verdunkelt das Blut, doch, wie
    flüchtig verdächtigt,
trieb es in seinen natürlichen Frühling hervor.

Wieder und wieder, von Dunkel und Sturz
    unterbrochen,
glänzte es irdisch. Bis es nach schrecklichem
    Pochen
trat in das trostlos offene Tor.

SW I

Sehnt es dich aber, so singe die Liebenden;
lange
noch nicht unsterblich genug ist ihr
berühmtes Gefühl.
Jene, du neidest sie fast, Verlassenen, die du
so viel liebender fandst als die Gestillten.
Beginn
immer von neuem die nie zu erreichende
Preisung;
denk: es erhält sich der Held, selbst der
Untergang war ihm
nur ein Vorwand, zu sein: seine letzte Geburt.
Aber die Liebenden nimmt die erschöpfte
Natur
in sich zurück, als wären nicht zweimal die
Kräfte,
dieses zu leisten. Hast du der Gaspara Stampa
denn genügend gedacht, daß irgend ein
Mädchen,
dem der Geliebte entging, am gesteigerten
Beispiel
dieser Liebenden fühlt: daß ich würde wie sie?
Sollen nicht endlich uns diese ältesten
Schmerzen
fruchtbarer werden? Ist es nicht Zeit, daß wir
liebend

uns vom Geliebten befrein und es bebend
bestehn:
wie der Pfeil die Sehne besteht, um gesammelt
im Absprung
mehr zu sein als er selbst. Denn Bleiben ist
nirgends.

SW I

——✻——

Ich stehe im Finstern und wie erblindet,
weil sich zu dir mein Blick nicht mehr
findet.
Der Tage irres Gedränge ist
ein Vorhang mir nur, dahinter du bist.
Ich starre drauf hin, ob er sich nicht hebt,
der Vorhang, dahinter mein Leben lebt,
meines Lebens Gehalt, meines Lebens
Gebot –
und doch: mein Tod –

SW III

7. Kapitel

„Was bleibt, ist das Angekommensein" – Über das Wesen des größten Gefühls

Sieh, ich bin nicht, aber wenn ich wäre,
wäre ich die Mitte im Gedicht;
das Genaue, dem das ungefähre
ungefühlte Leben widerspricht.

Sieh ich bin nicht. Denn die Andern sind;
während sie sich zu einander kehren
blind und im vergeßlichsten Begehren –,
tret ich leise in den leeren
Hund und in das volle Kind.

Wenn ich mich in ihnen tief verkläre
scheint durch sie mein reiner Schein …
Aber plötzlich gehn sie wieder ein:
denn ich bin nicht. (Liebe, daß ich wäre –)

Widmung für Lou Albert-Lasard, 7. Oktober 1914
(SW II)

Beim Seufzer der Freundin
hebt sich die ganze Nacht,
eine kurze Liebkosung
durchläuft den geblendeten Himmel.

Es ist, als würde im All
eine Urkraft
wieder die Mutter
aller Liebe, die sich verliert.

Für Claire Goll, 5. Februar 1924 (CG)

—— * ——

Es gibt kein ärgeres Gefängnis als die Furcht, einem Liebenden weh zu thun. Sie fälscht alle Antriebe des Herzens, ohne sie wäre es nicht so weit gekommen, daß ich jedes Alleinsein bei unserem Glück erbitten muß, wie eine besondere Ausnahme. *Mein Alleinsein,* dieses Eigenthümlichste meines Daseins: nun erscheint es wie eine Flucht aus unserer Liebe –, und wie sollte es nicht, immer, von vornherein durch Deinen Wunsch belastet sein, daß es nicht lange dauern möge? (...)

Soll ich mich für immer unglücklich nennen (ach, und was schlimmer ist: Unglück verursachend im beglückendsten Herzen!) weil ich die Liebe nicht so leicht nehmen kann, um aus ihr nur eben eine Steigerung meiner Fähigkeiten herauszuschlagen? Ich habe nie viel von denen gehalten, die der Verliebung bedurften, um im Geiste angetrieben zu sein, wie sollte ich auf diesen Anlaß rechnen, da ja die Arbeit selber so unendlich viel mehr Liebe ist, als der Einzelne in einem bewegen kann. Sie ist *alle* Liebe.

Aus: Das Testament, Frühjahr 1921 (DT)

Denn *das* ist Schuld, wenn irgendeines
Schuld ist:
die Freiheit eines Lieben nicht vermehren
um alle Freiheit, die man in sich aufbringt.
Wir haben, wo wir lieben, ja nur dies:
einander lassen; denn daß wir uns halten,
das fällt uns leicht und ist nicht erst zu
lernen.

Aus: Requiem für eine Freundin (SW I)

Auch zu lieben ist gut: denn Liebe ist schwer. Liebhaben von Mensch zu Mensch: das ist vielleicht das Schwerste, was uns aufgegeben ist, das Äußerste, die letzte Probe und Prüfung, die Arbeit, für die alle andere Arbeit nur Vorbereitung ist. Darum *können* junge Menschen, die Anfänger in allem sind, die Liebe noch nicht: sie müssen sie lernen. Mit dem ganzen Wesen, mit allen Kräften, versammelt um ihr einsames, banges, aufwärts schlagendes Herz, müssen sie lieben lernen. Lernzeit aber ist immer eine lange, abgeschlossene Zeit, und so ist Lieben für lange hinaus und weit ins Leben hinein –: Einsamkeit, gesteigertes und vertieftes Alleinsein für den, der liebt. Lieben ist zunächst nichts, was aufgehen, hingeben und sich mit einem Zweiten vereinen heißt (denn was wäre eine Vereinigung von Ungeklärtem und Unfertigem, noch Ungeordnetem –?), es ist ein erhabener Anlaß für den Einzelnen, zu reifen, in sich etwas zu werden, Welt zu werden, Welt zu werden für sich um eines anderen willen, es ist ein großer, unbescheidener Anspruch an ihn, etwas, was ihn auserwählt und zu Weitem beruft. Nur in diesem Sinne, als Aufgabe, an sich zu arbeiten („zu horchen und zu hämmern Tag und Nacht“) dürften junge Menschen die Liebe, die ihnen gegeben wird, gebrauchen.

An Franz Xaver Kappus, 14. Mai 1904 (RB I)

Wenn Du jemandem Blumen schenkst, so ordnest Du sie vorher, nicht wahr? Aber junge Menschen, die sich lieb haben, werfen sich einander hin in der Ungeduld und Hast ihrer Leidenschaft, und sie merken gar nicht, welcher Mangel an gegenseitiger Schätzung in dieser unaufgeräumten Hingabe liegt, merken es erst mit Staunen und Unwillen an dem Zerwürfnis, das aus aller dieser Unordnung zwischen ihnen entsteht. Und ist erst Uneinheit unter ihnen, dann wächst die Wirrnis mit jedem Tage; keiner von den beiden hat mehr etwas Unzerschlagenes, Reines und Unverdorbenes um sich, und mitten in der Trostlosigkeit eines Abbruchs suchen sie den Schein ihres Glückes (denn um des Glückes willen sollte all das doch sein) festzuhalten. Ach, sie vermögen sich kaum mehr zu entsinnen, was sie mit Glück meinten.

An Friedrich Westhoff, 29. April 1904 (RB I)

… die Frau hat es ja gut im bloßen Dasein, sie ist alles, wenn sie nur *ist*: sie fühlt sich und gibt anderen durch ihr natürliches florisches Selbstgefühl unbeschreibliche Sicherheiten; der Unstätste ist für einen Augenblick wie angesiedelt in der Nähe einer Frau; ihr Sein ist grenzenlos positiv …

(…)

… wie sehr auf der einen Seite, der der Frau, alles Geleistete, Getragene, Vollbrachte der absoluten Liebesunzulänglichkeit des Mannes gegenübersteht. Sie empfängt gleichsam, banal deutlich gemacht, das Diplom des Liebenkönnens, während er eine Elementargrammatik dieser Disziplin in der Tasche hat, aus der ihm notdürftig ein paar Vokabeln eingegangen sind, daraus er gelegentlich Sätze bildet, schön und hinreißend wie die bekannten Sätze auf den ersten Seiten der Sprachlehren für Anfänger.

An Tora Vega Holmström, 24. Februar 1912 (B I)

Die Leute haben, wie so vieles andere, auch die Stellung der Liebe im Leben mißverstanden, sie haben sie zu Spiel und Vergnügen gemacht, weil sie meinten, daß Spiel und Vergnügen seliger denn Arbeit sei; es gibt aber nichts Glücklicheres als die Arbeit, und Liebe, gerade weil sie das äußerste Glück ist, kann nichts anderes als Arbeit sein. – Wer also liebt, der muß versuchen, sich zu benehmen, als ob er eine große Arbeit hätte: er muß viel allein sein und in sich gehen und sich zusammenfassen und sich festhalten; er muß arbeiten; er muß etwas werden!

Denn, Friedrich, glaube mir, je mehr man ist, je reicher ist alles, was man erlebt. Und wer in seinem Leben eine tiefe Liebe haben will, der muß sparen und sammeln dafür und Honig zusammen tragen.

Man muß nie verzweifeln, wenn einem etwas verloren geht, ein Mensch oder eine Freude oder ein Glück; es kommt alles noch herrlicher wieder. Was abfallen *muß,* fällt ab; was zu uns gehört, bleibt bei uns, denn es geht alles nach Gesetzen vor sich, die größer als unsere Einsicht sind …

An Friedrich Westhoff, 29. April 1904 (RB I)

Ehe

Sie hatten beide lang geschwiegen.
Jetzt war die Stube dämmergrau.
Da sagte der Mann, und es hörte die Frau:

Wir wollen einander nicht unterliegen.
Ein jeder hat seine eigenen Qualen.
Meine Großeltern in den ovalen
Rahmen erschrecken mich manchmal so.
Sähest du erst die Schriften von beiden:
ich kann in den späteren seltenen Briefen
was *sie* geschrieben nur durch die schiefen
Zeilen von seiner Hand unterscheiden. –
...... Weißt du, man darf nicht gemeinsam
leiden,
das macht bescheiden gegen den Schmerz.
Leg deine Hand an mein Herz
oder an meine Handgelenke:
Fühlst du, wie ich überall denke?
und ich kann dir nicht sagen was.
Laß dich niemals zu mir bekehren,
und auch ich will mich wehren ...

Sie zögerte eine Weile und dann
sagte die Frau, und es hörte der Mann:

Du hast mir die Menschen fortgenommen,
die vielzunahen und vielzulauten;
jetzt kann *mein* Leben über mich kommen,
das mir die andern nicht anvertrauten.

Jetzt werd ich mich endlich einmal
verschließen
und nichtmehr warten und etwas werden.
Jetzt bin ich wie allein auf Erden.
Jetzt will ich mich leiden und mich
genießen,
und will gar nicht weiter schaun nach Dir.
Ich weiß, daß wir *neben*einander fließen,
und nicht einmal unser Kind wird *wir.*

Sie schwieg. Und dichter war das Dämmer-
grau,
und beide dachten dunkel, Mann und
Frau:

daß jetzt viel mehr Einsame sind.
Aber die Welt wird dadurch weiter,
wenn ein Zweiter
nicht gleich nebenan beginnt.
Zu Großmutters Zeiten
war sie noch lang nicht so groß.
Da glaubten die Frauen Naheverwandte
zu gebären aus ihrem Schoß;
aber es sind doch unbekannte
Kinder, fremd und namenlos ...
Für uns rückt das Bestimmte hinaus,
welches ihnen Freude gewährte,
und wir nehmen das Nieerklärte
wie das Allernächste ins Haus.

SW III

Im übrigen bin ich der Meinung, daß die „Ehe" als solche nicht so viel Betonung verdient als ihr durch die konventionelle Entwicklung ihres Wesens zugewachsen ist. Es fällt niemandem ein, von einem einzelnen zu verlangen, daß er „glücklich" sei, – heiratet aber einer, so ist man sehr erstaunt, wenn er es *nicht* ist! (Und dabei ist es wirklich gar nicht wichtig, glücklich zu sein, weder als einzelner noch Verheirateter.) Die Ehe ist in manchen Punkten eine Vereinfachung der Lebensumstände, und der Zusammenschluß summiert natürlich die Kräfte und Willen zweier junger Menschen, so daß sie geeint weiter in die Zukunft zu reichen scheinen als vorher – Allein, das sind Sensationen, von denen sich nicht leben läßt. Vor allem ist die Ehe eine neue Aufgabe und ein neuer Ernst, – eine neue Anforderung und Frage an die Kraft und Güte eines jeden Beteiligten und eine neue große Gefahr für beide.

Es handelt sich in der Ehe für mein Gefühl nicht darum, durch Niederreißung und Unterstützung aller Grenzen eine rasche Gemeinsamkeit zu schaffen, vielmehr ist die gute Ehe die, in welcher jeder den anderen zum Wächter seiner Einsamkeit bestellt und ihm dieses größte Vertrauen beweist, das er zu verleihen hat. Ein *Miteinander* zweier Menschen ist eine Unmöglichkeit und, wo es doch vorhanden scheint, eine Beschränkung, eine gegenseitige Übereinkunft, welche einen Teil oder beide Teile ihrer vollsten Freiheit und Entwicklung beraubt. Aber, das Bewußtsein vorausgesetzt, daß auch zwischen den *nächsten* Menschen unendliche Fernen bestehen bleiben, kann ihnen ein wundervolles Nebeneinanderwohnen erwachsen, wenn es ihnen gelingt, die Weite zwischen sich zu lieben, die ihnen die Möglichkeit gibt, einander immer in ganzer Gestalt und vor einem großen Himmel zu sehen!

Deshalb muß also auch dieses als Maßstab gelten bei Verwerfung oder Wahl: ob man an der Einsamkeit eines Menschen Wache halten mag, und ob man geneigt ist, diesen selben Menschen an die Tore der eigenen Tiefe zu stellen, von der er nur erfährt durch das, was, festlich gekleidet, heraustritt aus dem großen Dunkel.

So ist meine Meinung und mein Gesetz.

An Emanuel von Bodman, 17. August 1901 (RB I)

Ich bin gar kein Liebender, mich ergreifts nur von außen, vielleicht weil mich nie jemand ganz und gar erschüttert hat, vielleicht weil ich meine Mutter nicht liebe. (...) Alle Liebe ist Anstrengung für mich, Leistung, surmenage, nur Gott gegenüber hab ich einige Leichtigkeit, denn Gott lieben, heißt eintreten, gehen, stehen, ausruhen und überall in der Liebe Gottes sein.

An Fürstin Marie von Thurn und Taxis, 21. März 1913 (RB II)

Gab es jene Liebende, die kein Hindernis war, die ihn nicht verlangsamte und nicht ablenkte in die Aufenthalte der Liebe? Jene, die begriff, daß er weit über sie hinaus geworfen war, wenn er sie durchdrang? Die Selige, die seinem großen Geworfensein zustimmte, die nicht daran dachte, ihn zu entwenden und zu behalten in Heimlichkeit, und die nicht vorauslief, um wieder und wieder in seiner Bahn zu stehn?

Aus: Das Testament, Frühjahr 1921 (DT)

... im Grunde kann keiner im Leben dem anderen helfen; das erfährt man immer wieder in jedem Konflikt und jeder Verwirrung: daß man allein ist.

Das ist nicht so schlimm, wie es auf den ersten Blick scheinen mag; es ist auch wieder das Beste im Leben, daß jeder alles in sich selbst hat: sein Schicksal, seine Zukunft, seine ganze Weite und Welt. Nun gibt es freilich Momente, wo es schwer ist, in sich zu sein und innerhalb des eigenen Ichs auszuhalten; es geschieht, daß man gerade in den Augenblicken, da man fester und – fast müßte man sagen – eigensinniger denn je an sich festhalten sollte, sich an etwas Äußeres anschließt, während wichtiger Ereignisse den eigenen Mittelpunkt aus sich heraus in Fremdes, in einen anderen Menschen verlegt. Das ist gegen die allereinfachsten Gesetze des Gleichgewichts, und es kann nur Schweres dabei herauskommen.

An Friedrich Westhoff, 29. April 1904 (RB I)

… auf einmal meint man, wie durch klare Tränen, die ferne Einsicht zu ahnen, daß man selbst als ein Liebender das Alleinsein nötig hat, daß einem Weh, aber nicht Unrecht geschieht, wenn es einen mitten in einem zu einem geliebten Menschen hinstürzenden Gefühl überfällt und einschließt: ja daß man sogar dieses scheinbar Gemeinsamste, das die Liebe ist, nur allein, abgetrennt, ganz ausentwickeln und gewissermaßen vollenden kann; schon deshalb, weil man im Zusammenschluß starker Neigungen eine Strömung von Genuß erzeugt, die einen hinreißt und schließlich irgendwo auswirft; während dem in seinem Gefühl Eingeschlossenen die Liebe zu einer täglichen Arbeit wird an sich selbst und zu einem fortwährenden Aufstellen kühner und großmütiger Anforderungen an den anderen. Wesen, die einander so lieben, rufen unendliche Gefahren um sich auf, aber sie sind sicher vor den kleinen Gefährlichkeiten, die so viele große Gefühlsanfänge ausgefranst und zerbröckelt haben. Da sie einander immerfort das Äußerste wünschen und zumuten mögen, kann keiner dem anderen durch Beschränkung unrecht tun; im Gegenteil, sie erzeugen sich gegenseitig unaufhörlich Raum und Weite und Freiheit …

An Elisabeth Freiin Schenk zu Schweinsberg,
4. November 1909 (RB I)

… lieben heißt allein sein,
und Künstler ahnen manchmal in der Arbeit,
daß sie verwandeln müssen, wo sie lieben.

Aus: Requiem für eine Freundin (SW I)

Die Menschen sind so furchtbar weit voneinander; und die, welche einander liebhaben, sind oft am weitesten. Sie werfen sich all das Ihrige zu und fangen es nicht, und es bleibt zwischen ihnen liegen irgendwo und türmt sich auf und hindert sie endlich noch, einander zu sehen und aufeinander zuzugehen.

Aus: Der Totengräber (SW IV)

Wann hätte auch ein Mann Zeit gefunden, das Leben eines Mädchens, das er liebt, zu erforschen? Er glaubt, es beim ersten flüchtigen Begegnen zu kennen, und später vergißt er's; denn noch ist es den Männern zu neu, einen Menschen zu lieben, einen ganzen Menschen, der ein eigenes, ungewisses, wachsendes Leben hat und allein ist.

Aus: Franziska zu Reventlow (SW V)

Askese freilich ist kein Ausweg; sie ist Sinnlichkeit mit negativem Vorzeichen. Dem Heiligen mag sie, wie eine Hülfskonstruktion, zustatten kommen; in dem Durchschnittspunkt seiner Entsagungen gewahrt er jenen Gott des Gegensatzes, den Gott des Unsichtbaren, der noch nicht geschaffen hat.

Wer aber in die Sinne verpflichtet ist, Erscheinung für rein und Gestalt für wahr zu halten hat auf Erden, wie dürfte der mit der Absage beginnen! Und selbst wenn sie sich ihm erst hülfreich und nützlich erwiese, bei ihm bliebe sie Betrug, List, Erschleichung –, und zum Schlusse rächte sie sich irgendwo im Kontur seines Werks, als Härte, als Dürre, als Unzugiebigkeit, als Feigheit der Frucht.

Aus: Das Testament, Frühjahr 1921 (DT)

Liebes-Absage oder Liebes-Erfüllung, *beide* sind nur dort wunderbar und ohne Gleichen, wo das ganze Liebeserlebnis mit *allen* seinen voneinander kaum unterscheidbaren Entzückungen (die untereinander so alternieren, daß Seelisches und Leibliches gerade *dort* nicht mehr sich trennen läßt) eine zentrale Lage einnehmen darf: dort wird ja dann auch (in der Hingerissenheit einiger Liebender oder Heiliger *aller* Zeiten und *aller* Religionen) Absage und Ausfüllung identisch. Wo das Unendliche *ganz* eintritt (sei es als Minus oder Plus), fällt das Vorzeichen weg, das, ach, so menschliche, als der vollendete Weg, der nun gegangen ist, – und was bleibt, ist das Angekommensein, *das Sein*! – Dies ist, Lieber, ungefähr, was sich von unserem größesten innigsten Geheimnis, wenn man gefragt wird, (vorläufig) bekennen läßt.

An Rudolf Bodländer, 23. März 1922 (RB III)

Wir wissen, wir lieben einander aus einer vorirdischen Zeit, aus den Kindheiten vor allen Altern des Daseins, wir lieben einander aus dem Ur-Sein heraus, wie die Sterne einander lieben würden, wenn sie wüßten um ihre Herrlichkeit –, und nun begreif ichs auch, daß ich keine Gefühle zu Dir mochte aufregen als die meines unwillkürlichsten Kindseins, daß ich dort nach den reinsten Herzstrahlen suche, sie zu Dir aufzunehmen. Nach einer Kraft, Magda, nach einer unüberwindlichen Herzkraft, an der meine wirkliche Kraft zu Gott erst *werden* soll, denn die muß einmal am Menschlichen aufgebunden sein, sonst bricht sie hoch oben, wo ihr dann niemand mehr helfen kann und welkt in die Luft. Liebes liebes Mädchen, daß mir dies gegeben sei, Dich unendlich, Dich mühelos zu lieben. Daß mir in Deinen Händen wie ein alter Schmerz die Gewohnheit fortginge, daß Liebe zu *leisten* sei –, und ich sähe langsam auf zu Dir und wüßte gar nicht mehr, wo das eigentlich wehe that –, was es war.

An Magda von Hattingberg, 18. Februar 1914 (MIL)

O ihr Zärtlichen, tretet zuweilen
in den Atem, der euch nicht meint,
laßt ihn an eueren Wangen sich teilen,
hinter euch zittert er, wieder vereint.

O ihr Seligen, o ihr Heilen,
die ihr der Anfang der Herzen scheint.
Bogen der Pfeile und Ziele von Pfeilen,
ewiger glänzt euer Lächeln verweint.

Fürchtet euch nicht zu leiden, die Schwere,
gebt sie zurück an der Erde Gewicht;
schwer sind die Berge, schwer sind die Meere.

Selbst die als Kinder ihr pflanztet, die Bäume,
wurden zu schwer längst; ihr trüget sie nicht.
Aber die Lüfte … aber die Räume …

SW I

Einmal liebend, einmal entflammt, darf man sich nicht mehr für unglücklich halten; wer einmal den Eingang hatte in die Seligkeit der Liebe, der *ist in ihr* und alle Entbehrung, alle Sehnsucht ist für ihn fortan nur noch das Gewicht, die Schwere seiner Fülle! Mag sein, daß (sie) ihm dann zum Leid, zum Leiden, zur Verzweiflung wird, daß er diese Fülle nicht anwenden, genau: nicht *dort* anwenden kann, wo sie ursprünglich ist verlangt und erwartet worden. Aber der Jüngling, der Mann, ist er nicht immer in der Lage des „Zauberlehrlings", der mit der Beschwörung seines Herzens Mächte, Stürme erweckt, denen er nicht gewachsen ist; und vor denen er sich rettet (retten *muß* vielleicht), um das andere Maß seines Lebens einzuhalten, das logische, das leistende, das scheinbar nüchterne, das der Liebe widerspricht und gelegentlich nur noch die Sinne zuläßt als eine Art Ausgleich der nach anderen Seiten hin übertriebenen Spannungen.

Die Liebende, in ihrer Entzückung, ist die Liebe selbst, ist ein zerbrechliches und sich selber wagendes Gefäß voll jener göttlichen Essenz, die der dichteste Tropfen des Lebens ist, aber auch sein tötlichster, denn so groß sind ja die Kräfte und Wunder des Lebens, daß sie uns alle übertreffen und daß wir von ihre(n) reinsten Destillierungen nur die kleinste Dosis vertragen, ohne an uns selbst unterzugehen. Viel, daß der Geliebte fähig ist, eine große Liebende einen Augenblick hinzunehmen und zu überstehen; aber je unendlicher sie ihn beglückt, desto mehr muß er wünschen, die Steigerungen und Erfüllungen, die sie in ihm stiftet, den Interessen seines übrigen Daseins zuzuwenden; was nicht möglich ist, ohne einige Abwendung von ihr. Der Mann war immer ein Veruntreuer dessen, was er in der Liebe empfing, er ist der geborne Verwandler, der nichts kann bestehen lassen, ohne es in neuen Verbindungen und Gestaltungen zu erproben. Und gerade dieses „Verwandeln" ist für das Mädchen das Schwerste, das fast Unmögliche; ihre Liebe ist Liebe und will nichts anderes sein, will nichts treiben als sich selbst und nichts erreichen als einzig den Geliebten.

An Magdalena Schwammberger, Ende November 1923 (MIL)

Wir wissen nicht, *welches* die Mitte einer Liebes-Beziehung ist, welches ihr Äußerstes, Unübertrefflichstes und Seeligstes sei: manchmal vielleicht wird diese Mitte mit der letzten und süßesten Innigkeit der Körper gegeben sein (auch zwischen Frauen), darüber dürfte *niemand* Richter sein, als die verschwiegene Verantwortlichkeit eben dieser Liebenden und Genießenden selbst. Nicht dieses Sich-einander-schenken wäre ein Abweg für sie, höchstens die Unsicherheit wäre es, ob sie damit wirklich sich zu jener anhaltenden Steigerung verhelfen, zu der sich gegenseitig anzutreiben, die eigentliche Lust und Sehnsucht der Liebe ist.

An Anita Forrer, 2. Februar 1920 (B II)

Geliebtsein heißt aufbrennen. Lieben ist: Leuchten mit unerschöpflichem Öle. Geliebtwerden ist vergehen, Lieben ist dauern.

Aus: Die Aufzeichnungen des Malte Laurids Brigge (SW VI)

Und auch die Liebe, die zwischen den Menschen die Zahlen verwirrt, um ein Spiel von Nähen und Fernen einzuführen, in dem wir immer nur so weit einreihen, als wäre das Weltall voll, und nirgends Raum als in uns; – auch die Liebe nimmt nicht Rücksicht auf unsere Einteilungen, sondern reißt uns, zitternd wie wir sind, in ein endloses Bewußtsein des Ganzen hinein. – Die Liebenden leben nicht aus dem abgetrennt Hiesigen; als ob nie eine Teilung vorgenommen worden wäre, greifen sie den ungeheueren Besitzstand ihrer Herzen an, von ihnen kann man sagen, daß ihnen Gott wahrhaft wird und daß der Tod ihnen nicht schadet: *denn sie sind voller Tod, indem sie voller Leben sind.*

An Lotte Hepner, 8. November 1915 (RB II)

Quellennachweis

SW I – VI	Rainer Maria Rilke: Sämtliche Werke. Band I – VI. Herausgegeben vom Rilke-Archiv. In Verbindung mit Ruth Sieber-Rilke besorgt durch Ernst Zinn. © Insel Verlag Frankfurt am Main.
RB I – III	Rilke Briefe, Erster / Zweiter / Dritter Band. Herausgegeben vom Rilke-Archiv in Weimar in Verbindung mit Ruth Sieber-Rilke besorgt durch Karl Altheim. © Insel Verlag Frankfurt am Main 1950.
B I + II	Rainer Maria Rilke: Briefe in zwei Bänden. Erster Band 1896 bis 1919. Zweiter Band 1919 bis 1926. Herausgegeben von Horst Nalewski. © Insel Verlag Frankfurt am Main und Leipzig 1991.
DT	Rainer Maria Rilke: Das Testament. Faksimile der Handschrift aus dem Nachlass. Im Anhang Transkription der Handschrift. Erläuterungen und Nachwort von Ernst Zinn. Die Edition besorgte Ernst Zinn. © Insel Verlag Frankfurt am Main 1974.
AS	Rainer Maria Rilke – Lou Andreas-Salomé: Briefwechsel. Herausgegeben von Ernst Pfeiffer. © Max Niehans Verlag AG Zürich 1952.

MIL	Rainer Maria Rilke: Mitten im Lesen schreib ich Dir. Ausgewählte Briefe. Herausgegeben von Rätus Luck. © Insel Verlag Frankfurt am Main und Leipzig 1996.
BJD	Rainer Maria Rilke: Briefe an einen jungen Dichter. Herausgegeben und mit einer Einleitung versehen von Franz Xaver Kappus. © Suhrkamp Verlag Frankfurt am Main. Erste Auflage 1989.
CG	Rainer Maria Rilke – Claire Goll: „Ich sehne mich sehr nach Deinen blauen Briefen". Briefwechsel. Herausgegeben von Barbara Glauert-Hesse. Insel Verlag Frankfurt am Main und Leipzig. © Wallstein Verlag, Göttingen 2000.
Z	Rainer Maria Rilke und Marina Zwetajewa: Ein Gespräch in Briefen. Herausgegeben von Konstantin M. Asadowski. © Insel Verlag Frankfurt am Main und Leipzig 1992.
LG	Rainer Maria Rilke: Liebesgedichte. Ausgewählt von Vera Hauschild. Mit einem Nachwort von Siegfried Unseld. © Insel Verlag Frankfurt am Main und Leipzig 2002.

Die Schreibweise der Texte wurde an einigen Stellen modernisiert.

Eintauchen – Träumen – Entdecken – Genießen

Anselm Grün
Mit Anselm Grün zur inneren Balance finden
Band 5701

Was ist wichtig im Leben? Und: Kann man es lernen, einüben? Darum geht es in dieser kleinen Lebensschule. Mit bisher unveröffentlichten Texten.

Mit Senta Berger ins weite Land der Kindheit
Hrsg. von Senta Berger
Band 5702

Senta Berger hat eine Auswahl ihrer liebsten Texte zusammengestellt, die die hellen und dunklen Seiten der Kindheit erforschen. Mal überraschend, mal vertraut anmutend, laden sie ein zur Reise in ein Land, das jeder kennt und das dennoch oft weit entfernt ist.

Joel ben Izzy
Mit Joel ben Izzy im Zaubergarten des Erzählens
Band 5703

Was wirklich wichtig ist, wird in Geschichten erzählt. Sie können das Leben von jedem von uns verändern. Wie das geht? Davon gerade handeln Joel ben Izzys Geschichten. Klug, warmherzig und verzaubernd: Pures Leseglück!

Verena Kast
Mit Verena Kast die Lebensfreude einladen
Band 5707

Lebensfreude: jeder Mensch hat sie – doch ist sie oftmals gut versteckt. Verena Kast lädt dazu ein, sie wieder zu entdecken. Denn Lebensfreude ist eine wichtige Ressource, die auch durch schwierigere Zeiten trägt.